LEIF KARPE

DAS MÄDCHEN HINTER DEM VORHANG

PETER FALCON ERMITTELT

Kriminalroman

HarperCollins

1. Auflage 2024
Originalausgabe

Gesetzt aus der Stempel Garamond
von GGP Media GmbH, Pößneck
Druck und Bindung von GGP Media GmbH, Pößneck
Printed in Germany
ISBN 978-3-365-00569-9
www.harpercollins.de

Druckprodukt mit finanziellem
Klimabeitrag
ClimatePartner.com/15109-2009-1001

MIX
Papier
FSC FSC® C014496

Die Peter-Falcon-Reihe basiert auf einer Idee von Achim Fell und Leif Karpe

INHALTSVERZEICHNIS

PROLOG

Peter stand hinter dem Vorhang und beobachtete sie.

Es war heiß. Giovanna war schön und unnahbar wie immer. Sie schritt zum Fenster und öffnete es. Nochmal nahm sie den Brief in die Hand. Peter sah, wie Giovanna die Stirn runzelte. Ihre Augen huschten über die Zeilen, ein leichter Windstoß fuhr durch ihre schwarzen Locken. Sie war konzentriert und beachtete ihn nicht.

Das Bild der Giovanna am Fenster verband sich allmählich mit dem Bild eines alten Meisters: Johannes Vermeers *Brieflesendes Mädchen am offenen Fenster*.

Ja, und der grüne Vorhang! Das war Vermeers Geheimnis. Das Spiel von Verhüllen und Enthüllen. Je länger Peter am Vorhang vorbeischaute, desto größer und weiter wurde der Raum dahinter. Er öffnete sich. Und dann plötzlich stand Peter da und wurde zum Teil des Geschehens. Er näherte sich dieser Frau, die ganz still und versunken las. Das konzentrierte Gesicht spiegelte sich im Fenster. Was bewegte diese Frau? War sie gefangen – oder frei wie die Welt vor ihrem Fenster?

Die Gedanken daran jagten Peter einen kalten Schauer über den Rücken. Er riss sich los und sehnte sich zurück in seinen Comicladen in Manhattan am St. Mark's Place.

Doch es war so gekommen, wie es immer kam, wenn Giovanna rief, wenn sie ihn brauchte: Er war sofort zu ihr geeilt. Meist brauchte sie ihn glücklicherweise, wenn gerade wieder ziemlich Ebbe in seiner Kasse war. Und jedes Mal hatte er zugesagt, um seinen Laden zu retten, auch wenn es bedeutete, dass er wieder in eine dieser todbringenden Metallröhren steigen musste, die ihn in sechs Stunden über den Atlantik oder sonst wohin brachten. Hätte der liebe Gott gewollt, dass der Mensch flog, hätte er ihm Flügel gegeben.

Giovanna schüttelte leicht den Kopf und begann noch einmal zu lesen. Welches Geheimnis verbarg der Brief? Doch schon die Frage verstärkte den Schauer, ja, sie aktivierte sogar einen Fluchtinstinkt. Nicht noch einmal, fuhr es ihm durch den Kopf. Vielleicht hatte das gar nichts mit IHM zu tun, versuchte er sich zu beruhigen. Ganz sicher war es nur diese zufällige Komposition dieses Bildes, wie Giovanna an einem geöffneten Fenster einen Brief las, die all die Erinnerungen wieder hervorspülte an eine Zeit, in der sein Leben plötzlich eine radikale Veränderung erfuhr.

Dass er eine besondere Beziehung zu Kunst hatte, hatte Peter schon immer irgendwie gespürt. Kunstgeschichte zu studieren war so folgerichtig, dass er noch nicht einmal eine Alternative in Betracht gezogen hätte. Peter wurde zum Liebling der Professoren und sah sich selbst schon an einer der großen alten Universitäten der Ivy League an der Ostküste eine glänzende Karriere machen. Doch dann begannen die Bilder mit ihm zu sprechen, er geradezu in sie hineinzufließen. Die Erfahrung war beängstigend und faszinierend zugleich. Dann stand ER eines Tages neben ihm – und damit änderte sich alles. ER begann einen Disput mit Peter. Es ging um das Recht auf Sehen, um den Erkenntnisgewinn durch bildende Kunst, um die Grenzen zwischen Kunst und Wissenschaft. Und aus dem Disput wurde eine Anklage, eine Anklage gegen Peter und das Fach, das er vertrat. Kunsthistoriker, so wütete er, würden den Betrachter blind machen, würden ihn der Fähigkeit berauben, wirklich zu sehen. Peter versuchte dagegen anzuargumentieren, doch der Andere wurde dadurch nur noch wütender und Peter immer verängstigter. Schließlich flüchtete er aus dem Museum, in der Hoffnung, seine Pein würde enden. Doch der Andere verfolgte ihn nun in seinen Träumen. Oft erwachte Peter schweißgebadet mitten in der Nacht, zitternd, verängstigt. Was wollte der Maler von ihm? Peter fürchtete, verrückt zu werden. Er mied von da an jedes Museum, wagte kaum noch, ein Buch über Kunst zu öffnen. In seiner Not vertraute er sich seinem Freund Charlie an, der ihm zunächst nur vorschlug, sie sollten einfach ein Wochenende zum Fischen fahren. Tatsächlich schien er zunächst wieder zur Ruhe zu kommen. Charlie bot ihm an, ihn bei einem Museumsbesuch zu begleiten. Dankbar nahm Peter an, doch der Besuch endete in einem Fiasko. Bei den Alten Meistern zog es ihn wieder in ein Gemälde, und ER war wieder da. Alles begann von vorn.

»Du brauchst professionelle Hilfe«, hatte Charlie nüchtern gemeint. Doch Peter lehnte panisch ab. Wem konnte er sich anvertrauen, mit einem so unüblichen Talent? Sosehr Charlie es auch probierte, Peter blieb stur.

»Es ist ein Jammer!«, rief Charlie aus. »Du besitzt ganz offenbar eine einzigartige Gabe, aber willst sie nicht nutzen?

Gemälde sprechen zu dir! Denk doch mal nach, welche Perspektiven dir das eröffnet. Du könntest der gefragteste und bekannteste Kunsthistoriker aller Zeiten werden.«

»Oder im Irrenhaus landen«, gab Peter verzweifelt zurück.

»Lerne, mit der Gabe umzugehen. Vielleicht ist es gar nicht so schwer. Und vielleicht triffst du auch noch andere. Stell dir vor, du könntest mit Leonardo da Vinci sprechen, mit Picasso, mit Tizian, mit Dürer, mit Monet, mit …«

»Hör auf, Charlie, hör auf!« Peter hielt sich die Ohren zu.

»Dann nimm dir eine Auszeit. Aber eines Tages werde ich wieder zu dir kommen und dir beweisen, dass du deine Fähigkeit beherrschen und nutzen kannst.«

Mehr als 20 Jahre war das nun her. Peter hatte seine hoffnungsvolle Karriere als junger Kunstgelehrter aufgegeben und seinen Comicladen eröffnet, von dem er mehr schlecht als recht leben konnte. Tatsächlich hatte er gelernt, mit seiner Gabe umzugehen. Er hatte viele große Meister getroffen, doch das Unbehagen hatte ihn nie ganz verlassen. ER war ihm nie mehr begegnet, doch mit der wachsenden Zahl der Aufträge, mit denen ihn Giovanna bedachte, schien es nur eine Frage der Zeit, wann sich Peters Wege wieder mit seinen kreuzen würden. Und davor hatte er Angst – panische Angst.

***

Giovanna hatte ihn zu Chroseby bestellt. Das war ungewöhnlich. Wenn sie etwas von Peter wollte, kam sie gewöhnlich in seinen Comicladen am St. Mark's Place. Dort stöberte sie gerne in den Manga-Comics, unterhielt sich mit ihm über dies und das, um sich dann ganz vorsichtig an das eigentliche Thema heranzutasten, auf ganz leisen Sohlen, wie eine Katze, die es auf eine Maus abgesehen hatte. Peter wurde stets zur Beute – das war so sicher wie seine Überzeugung, nie wieder einen Auftrag für Chroseby anzunehmen, nur um dann am Ende doch Giovannas Charme zu erliegen. Die CEO des drittgrößten Auktionshauses der Welt liebte es, aus ihrem Elfenbeinturm an der Madison Avenue zu fliehen, in eine Welt, in der die Häuser nur vier statt vierzig Stockwerke hatten und die Menschen nicht mit Milliarden jonglierten, sondern sich des Wertes eines jeden einzelnen Dollars sehr bewusst waren, hatten sie ihn doch hart erarbeitet. Giovanna fühlte sich hier im East Village geerdet, ganz anders als zwischen Park und 5th Avenue, zwischen Times Square und Central Park.

Doch dieses Mal hatte sie ihn angerufen und gebeten, in die Zentrale in der Madison Avenue zu kommen. Es waren schon einige Monate vergangen, seit er das letzte Mal in dem blitzenden Aufzug mit den edlen Messingarmaturen hinauf in den 42. Stock gefahren war, da, wo Giovanna residierte. Der Fahrstuhl hielt, die Tür öffnete sich, und Peter wollte die Kabine verlassen. Doch ein junger Mann, der sich als Assistent von Mrs. Ferrara vorstellte, schob ihn sanft zurück.

»Sie erwartet Sie oben«, erklärte der junge Mann ebenso geheimnisvoll wie bedeutungsschwanger. Er schob einen Schlüssel in das Schloss unterhalb der Knöpfe für die einzelnen Stockwerke. Die Fahrstuhltür schloss sich wieder. Nach kurzer Fahrt erläuterte der junge Mann: »Wir sind da!«

Peter trat hinaus. Er war im Penthouse des Chroseby-Gebäudes angekommen, in den Privaträumen von Giovanna. Er hatte schon von ihrem sagenumwobenen privaten Büro gehört, das als das Allerheiligste in dem großen Auktionshaus galt. Er blickte gebannt in den riesigen Raum. Mehrere Sitzecken waren über den Raum verstreut, der seinerseits durch seidene Vorhänge unterteilt war. Was dagegen fehlte, war ein Schreibtisch, wie man es von der Vorstandsvorsitzenden eines weltweit agierenden Unternehmens hätte erwarten können. Stattdessen stand ein Stehpult an der Wand nahe der Fensterfront. Durch eine Glastür konnte man das Dach betreten, das hier geradezu ein kleiner Garten war. Ein Bistrotisch mit drei Jugendstilstühlen stand da, umsäumt von üppigem Grün. Die Sitzgruppe kontrastierte zu einem kleinen Marmorbrunnen, der munter eine bescheidene Wassersäule spie.

»Kommen Sie endlich hinter dem albernen Vorhang vor«, meinte Giovanna schließlich und lächelte nachsichtig. »Glauben Sie, ich hätte nicht bemerkt, dass Sie mich die ganze Zeit beobachten?«

Peter schwieg betreten und starrte auf seine Schuhspitzen.

»Jetzt zieren Sie sich nicht.« Sie wedelte mit dem Brief durch die Luft. »Auf diesem Blatt Papier könnte Ihr nächster Auftrag stehen. Und Sie wissen, ich zahle gut.«

Peter machte einen Schritt in den Raum.

»Ja, Giovanna, ich weiß, und ich bin Ihnen dafür auch dankbar. Aber meinem Laden geht es im Moment ganz gut.«

»Dann tun Sie es mir zuliebe. Sie sind mir was schuldig!«

Peter seufzte.

»Sie wissen, ich kann Ihnen nichts abschlagen«, gab er matt zurück.

»Fein!«, rief sie enthusiastisch aus. »Der Auftrag wird Sie interessieren. Wenn Sie Glück haben, begegnen Sie Jan Vermeer.«

Ausgerechnet Vermeer, jenem niederländischen Meister, der mit dem Spiel von Geheimnis und Verborgenem in seinen Bildern wie kein anderer Maler Peters Begabung triggerte.

Peter wurde schwarz vor Augen, und er musste sich an der Stuhllehne festhalten.

Es war also so weit, dachte Peter. Er hatte gewusst, dass das einmal passieren würde, ja, vielleicht sogar musste. Vielleicht würde er in der Begegnung endlich auch seine eigene Begabung besser zu verstehen lernen. Er atmete tief durch.

»Hat man versucht, Ihnen ein paar falsche Vermeer anzudrehen?«, fragte er.

Doch Giovanna lachte nur glockenhell und winkte ab.

»Lassen Sie uns draußen sitzen. Es ist so ein schöner Tag.«

Sie öffnete die Tür zur Dachterrasse und machte eine einladende Handbewegung, ohne den Brief, den sie so angestrengt gelesen hatte, aus der Hand zu legen. Sie versuchte, die gleiche Leichtigkeit in dieses Treffen zu legen, die ihre bisherigen Begegnungen am St. Mark's Place ausgezeichnet hatte, doch es wollte ihr nicht gelingen. Steif ließ sich Peter auf einem der Jugendstilstühle nieder, der nicht gerade besonders bequem aussah. Da saß er nun auf der Kante des Stuhles zwischen dem plätschernden Springbrunnen und einem Thuja-Baum.

»Also, was ist mit dem Brief, und was ist mit Vermeer?«, fragte er ungeduldig. Er sah sich schon wieder in einem Flugzeug in Richtung Europa sitzen. Wie er das Fliegen hasste!

»Nun, es gibt zwar keinen falschen Vermeer … Also doch, wahrscheinlich schon, aber wir haben nichts damit zu tun. Es geht stattdessen um diesen Brief – und um noch einiges mehr. Wir müssen wissen, ob diese Schriftstücke echt sind«, erklärte Giovanna geschäftsmäßig. »Sie sollen dreihundert Jahre alt sein.«

Peter streckte den Arm aus. Giovanna reichte ihm das Blatt.

»Ich glaube nicht, dass meine Intuition bei Briefen wirkt«, meinte Peter mit einer Spur Abweisung in der Stimme. »Ich falle in Bilder, nicht in Worte.«

»Das weiß ich doch. Aber ich schätze Sie, das wissen Sie, Peter. Ich mag Ihre Aufrichtigkeit, und ich mag Ihre Empathie und Ihre Intuition. Wenngleich«, sie unterbrach sich, »uns Letzteres auch schon in die ein oder andere Schwierigkeit gebracht hat.«

Peter schaute ein wenig betroffen auf den Boden. Giovanna spielte auf eine Ermittlung an, die in der Toskana ein ganz anderes Ende gefunden hatte als von Chroseby erhofft.

»Aber das ist Schnee von gestern«, wischte sie das Thema schnell wieder vom Tisch. »Eigentlich hatte ich das Gefühl, dass jemand mit uns Spielchen treiben will, als vor zwei Wochen der erste Brief bei mir eintraf«, erzählte sie.

Peter deutete auf die Kopie, die vor ihm auf dem fein ziselierten Tisch lag.

»Dieser hier?«

»Nein«, sagte Giovanna und schüttelte den Kopf, dass ihre schwarzen Locken flogen. »Es war lediglich die *Ankündigung* für diesen Brief.«

»Wie bitte?«, fragte Peter verwirrt.

»Ich sag doch – Spielchen. Vor zwei Wochen kam also ein Brief. Handgeschrieben! Wer macht denn heute noch so was? Aber das machte mich natürlich neugierig. Zunächst einmal ging es um das Briefeschreiben per se. Der Autor oder die Autorin schickte mir doch tatsächlich eine philosophische Abhandlung über den Brief an sich.«

»Jetzt versteh ich gar nichts mehr.«

»Nun ja, es ging darum, dass in vergangenen Zeiten der Brief nicht ein Mittel der Nachrichtenübermittlung war, sondern nachgerade eine Kunstform. Hier wurde auch fabuliert und der Fantasie Raum gegeben. Oder denken Sie an diplomatische Depeschen, Peter. Ein Brief konnte immer in falsche Hände geraten, darum galt es, sich entweder möglichst kryptisch auszudrücken oder einen Brief gleich ganz zu verschlüsseln.«

»Vielleicht ist das der Beginn einer wunderbaren Brieffreundschaft«, lächelte Peter.

»Genau genommen liegen Sie damit gar nicht so falsch. Der Autor oder die Autorin bot mir einige Briefe aus dem 17. Jahrhundert zum Kauf an. Nun ja, so alte Manuskripte haben sicher einen Wert an sich, aber für Chroseby? Da kommt es dann schon auf den Inhalt an. Natürlich versteigern wir auch Autographen von schier unschätzbarem Wert, aber das liegt natürlich auch am Autor.«

»Und nun lassen Sie mich raten: Es handelt sich um die Autographen eines weltberühmten Malers, und ich soll herausfinden, ob sie echt sind, weil der Maler nicht nur durch den Brief, sondern ganz persönlich mit mir spricht?«

»Aber nein!«

»Nein? Nicht?« Peter stutzte.

»Die Sache ist viel komplizierter, als Sie denken, deshalb habe ich Sie ja auch gebeten, heute zu mir zu kommen.«

»Jetzt bin ich aber neugierig!«

»Wenn ich Sie regelmäßig langweilen würde, hätten Sie meine Einladung wohl ausgeschlagen«, meinte Giovanna nüchtern. »Wir wissen nicht, wer diese historischen Briefe geschrieben hat.«

»Was macht sie dann so wertvoll – falls sie echt sind?«

»Der Inhalt. Der könnte ziemlich brisant sein. Sagt Ihnen der Name Antoni van Leeuwenhoek etwas?«

»Müsste er?«

»Delft? 17. Jahrhundert?«

»Jan Vermeer?«

»Genau. Leeuwenhoek war sein Testamentsvollstrecker.«

»Und was ist daran so sensationell?«

»Leeuwenhoek war auch der bedeutendste Linsenschleifer seiner Zeit.«

»Ach Gott, nein, die alte Geschichte! Das ist jetzt nicht Ihr Ernst, Giovanna!«, rief Peter empört aus und winkte ab. »Wir wissen nicht, ob Jan Vermeer eine Camera obscura verwendet hat oder nicht. Und wenn Sie meine persönliche Meinung wissen wollen, es würde auch nichts ändern. Sich der Wissenschaft zu bedienen, entwertet Kunst nicht.«

»Andere sehen das anders. Hätte Vermeer eine Camera obscura benutzt, wäre das kaum etwas anderes gewesen als Malen nach Zahlen«, wandte Giovanna ein.

»Und dieser obskure Briefschreiber, verzeihen Sie das Wortspiel, behauptet nun, Beweise zu haben, dass Leeuwenhoek für Vermeer ein solches Gerät gebaut hat. Oder sind diese historischen Briefe gar von Leeuwenhoek selbst?«

»Dann wäre es ja einfach. Möglicherweise geht es nämlich um eine dritte Person, jemand, der sich selbst ›Grinderman‹ nennt. In den Briefen bittet er um die Aufnahme in die Royal Academy.«

»Und was hat das nun mit Vermeer zu tun?«

»Zunächst noch nichts. Verwunderlich ist nur, dass die Academy ihrerseits Leeuwenhoek Jahre später die Mitgliedschaft von sich aus angetragen hatte. Das deutet darauf hin, dass der mysteriöse Grinderman und Leeuwenhoek wohl nicht die gleiche Person sind. In seinen Briefen bezieht sich der Grinderman andererseits immer wieder auf seinen Malerfreund.«

»Aber Giovanna, Sie wissen so gut wie ich, dass es in Delft eine Malergilde gab, mit mehreren Dutzenden von Künstlern. Das könnte jeder sein, warum ausgerechnet Jan Vermeer?«

Giovanna stand auf und ging einige Schritte. An der Balustrade blieb sie stehen und schaute zum Central Park hinüber. Schließlich drehte sie sich um.

»Peter, es geht im Grunde nicht mehr um Vermeer und auch nicht um Leeuwenhoek. Es geht um ganz grundsätzliche Fragen. Zum Beispiel: Was darf Kunst? Was darf Wissenschaft? Was bedeutet es, wenn beide eine Art Symbiose eingehen? Und wer bestimmt eigentlich, was Kunst ist und, daraus folgernd, was wir sehen dürfen?«

»Und das machen Sie jetzt an Vermeer fest?«

»Es geht um sein Geheimnis, um seine fotorealistische Malweise! War es sein Genie? Oder hat er einfach nur eine technische Apparatur aufgestellt, die ein Bild projiziert hat, das er nur noch akribisch abpausen musste? Oder ist er nach Italien gereist, hat die großen Renaissancemaler studiert und ihre Techniken dank seines Genies vervollkommnet? Wenn diese Briefe echt wären, dann könnten sie uns auf all diese Fragen eine Antwort geben – und es wären Antworten, die weit über einen Vermeer oder einen Leeuwenhoek hinaus reichen.«

Peter schien verstimmt.

»Sie glauben also, ich fliege nach Europa, stelle mich im Mauritshuis vor das *Mädchen mit dem Perlenohrgehänge* und warte, bis der Meister persönlich erscheint und mir ins Ohr flüstert: *Mir hat der Leeuwenhoek eine Camera obscura gebaut, und dann musste ich die Maid nur noch abmalen*. Giovanna, so läuft das nicht.«

Sie schüttelte heftig den Kopf.

»Nein, das meine ich nicht. Sie müssen die Briefe lesen und herausfinden, wie sich das alles wirklich verhält.«

»Warum ich?«

»Wir haben nur Kopien von den Briefen. Untersuchen können wir sie erst, wenn wir sie gekauft haben. Ich will die Katze nicht im Sack kaufen – andererseits brauchen wir die Briefe. Ich vertraue in diesem Fall nicht auf irgendwelche Geister längst verstorbener Maler. Was ich brauche, ist Ihre Intuition. Ich will ganz offen sein: Als ich zum ersten Mal von Ihrer Gabe hörte, habe ich das alles für Hokuspokus gehalten. Doch ich lag ja mit meiner Einschätzung ganz offensichtlich falsch. Nun lässt sich das, was Ihnen widerfährt, wissenschaftlich nur schwer fassen, aber von einem bin ich fest überzeugt: Ihnen würde das alles nicht passieren, wenn Sie nicht über eine hohe Intuition verfügen würden. Und ich hoffe, dass diese mir sagen wird, wie wir mit dieser Situation umgehen sollen.«

Peter seufzte.

»Also, was genau soll ich nun tun?«

»Das, was Sie immer für mich tun: in die Vergangenheit eintauchen. Fliegen Sie nach Europa, in die Niederlande. Besuchen Sie Delft, besuchen Sie Museen, und vor allem: Bekommen Sie für mich heraus, was es mit diesem Grinderman auf sich hat.«

DER BRIEF

Der Flieger war riesig und einschüchternd. Einem Rat aus dem Internet folgend hatte sich Peter vor dem Abflug intensiv mit dem Fluggerät auseinandergesetzt. Das, so hieß es in dem Artikel, könne die Flugangst nehmen oder wenigstens lindern. Er erinnerte sich an seine Bekannte Martha, wie sie es damals verstanden hatte, ihn auf ihrer gemeinsamen Flugreise über den Ärmelkanal mit Fakten zu beruhigen. Er spähte aus dem Panoramafenster am Gate. Da stand es, fest verbunden mit dem Rüssel der Gangway. Das war kein Flugzeug, das war ein Leviathan, dachte Peter. Sollte er da wirklich einsteigen? *Die Boeing 777-300, auch Triple Seven genannt, ist das größte zweistrahlige Verkehrsflugzeug der Welt*, repetierte er im Geiste. *Sie ist 74 Meter lang, hat eine Spannweite von 64 Metern und ist 18,60 Meter hoch. Sie bietet bis zu 550 Passagieren Platz. Die Reisegeschwindigkeit beträgt ca. 900 Stundenkilometer in einer Höhe von rund 13.100 Metern.* Nichts, aber auch gar nichts von alldem, was er mühsam auswendig gelernt hatte, half ihm jetzt weiter. Dagegen riet ihm sein Fluchtinstinkt, kehrtzumachen und so schnell er konnte zu laufen. *Die Boeing 777 ist eines der ersten Verkehrsflugzeuge mit einer ETOPS-Zulassung von 330 Minuten. Das bedeutet, die Maschine muss im Falle ei-*

nes Triebwerksausfalles innerhalb von 330 Minuten auf einem Flughafen landen. Vordergründig klang das gut. Der Flieger konnte also mit einem Triebwerk noch fünfeinhalb Stunden weiterfliegen. Er sollte also zumindest nicht ins Wasser fallen. Aber was bedeutete das in Wahrheit? Wieso sollte überhaupt ein Triebwerk ausfallen? Alleine, dass es dieses ETOPS-Dings gab, war doch schon Beweis genug, dass die Triebwerke ausfallen *könnten.* Die Ingenieure sollten, verdammt nochmal, ihren Job tun. Und was passierte, wenn beide Triebwerke gleichzeitig ausfallen sollten? Alles schon vorgekommen. Immerhin musste Peter zugeben, dass erst zwei B 777 wirklich vom Himmel gefallen waren. Die eine war über der Ukraine abgeschossen worden und die andere einfach vom Radar verschwunden. Aber das machte nun alles nicht besser. In seinem Drang, sich endlich von seiner Flugangst zu lösen, war er auch dem Rat gefolgt, ganz offensiv einen Fensterplatz zu buchen. Nun verfluchte er sich dafür. Wenigstens wurde es langsam dunkel. Die Maschine nach Amsterdam sollte um 19 Uhr starten und um 11.15 Uhr Ortszeit in Schiphol landen. Wenn er es richtig timte, dann schlief er vielleicht, wenn es in drei, vier Stunden schon wieder hell wurde, und er musste nicht in den Abgrund schauen.

Die Maschine rollte zur Startbahn, und je lauter die Motoren röhrten, desto schneller schlug Peters Herz. Als die Boeing zum Start beschleunigte, klammerte er sich an den Armlehnen fest und presste die Augenlider fest aufeinander. Die Maschine stieg unerbittlich, aber das Dröhnen ließ nach. Ganz langsam öffnete Peter seine Augen, aber vorsichthalber nur einen winzigen Spalt. Er sah durch das Fenster eine schmale, bleiche Mondsichel, halb auf dem Rücken liegend. Ihr gegenüber funkelte ein heller Stern: die Venus. Und plötzlich fielen bei Peter Angst und Beklemmungen ab und er sah sich wieder in der Provence, konnte den Lavendel riechen, fühlte den warmen Wind auf der Haut, sah die Sternennacht über sich und hörte eine Melodie, die sich zu den Worten formte: *»Now I understand what you try to say to me …«* Don McLeans unvergleichliche Ballade über Vincent van Gogh. Gemessen an dem unfassbaren Leiden des Meisters schien ihm seine eigene Flugangst nun nachgerade peinlich klein.

Die Maschine stieg weiter, drehte in Richtung Osten, und die strahlende Venus verschwand alsbald aus Peters Blickfeld. Er rief sich zur Ordnung und erinnerte sich daran, dass eine Aufgabe auf ihn wartete, auf die er sich noch während des Fluges gründlich vorzubereiten gedachte. So kramte er die Papiere heraus, die ihm Giovanna mitgegeben hatte. Im Grunde handelte es sich bisher nur um zwei Briefe. Der eine, handgeschrieben, bot mehrere Briefe aus dem 17. Jahrhundert an, verfasst von einer mysteriösen Person, die sich Grinderman nannte. Merkwürdiger Name. Der andere war eine Kopie des ersten angebotenen Briefs. Peters von Giovanna so gelobte Intuition schwieg beharrlich. Er hatte nicht das geringste Gefühl dafür, ob die Person, die diesen Brief verfasst hatte, es ehrlich meinte oder einen Betrug vorbereitete. Er zuckte mit den Schultern und begann zu lesen:

13. September 1652

An die Mitglieder der Royal Society.

Mein Name ist in dieser Angelegenheit nebensächlich, da es uns nur um die Wissenschaft geht. Hier in Delft nennt man mich den Grinderman, weil das, was ich tue, ihnen unheimlich ist.
Ich schleife Linsen.
Doch was ist ein Linsenschleifer? Damit könnte ich meinen: einen Maler, einen Musiker und vor allem einen jungen Menschen oder einen Bildhauer, einen oder irgendjemanden.
Das Schleifen einer Linse ist eine Art überlegene Mathematik, und wir dürfen nicht vergessen, dass es fast immer prophetisch ist. Es gibt im Linsenschleifer einen Propheten.
Und ich entschuldige mich dafür, dass ich aus heiterem Himmel mit Ihnen spreche, weil ich vielleicht wie die Leute klinge, die, wenn sie aufwachen, klug sein wollen und nur Dummheit zeigen.
Sie mögen mich dumm finden, aber ich möchte absolut wahr sein. Nun, der Linsenschleifer ist in gewisser Weise die Belegschaft eines Selbst, das tiefer ist als er selbst.
Er ist Vermittler zwischen dem Inneren und der Außenwelt und versucht, die Verbindung lebensfähig zu machen.
Dieser innere Charakter, der in mir lebt, ist ein völlig zeitloser Charakter. Ich wiederhole mich extrem schlecht, deshalb bin ich nicht verantwortlich für das, was ich nun erzähle. Ich bin nicht verantwortlich für meine Beobachtungen.
Ich bin nur ein Vermittler als Medium und eine Belegschaft, und alle sind Medien und Sucher dieser mysteriösen Kräfte, die die Welt bewohnen. Daher fällt es mir schwer, Ihnen davon zu erzählen.
Und da es nicht notwendig war, in den Himmel zu steigen und dort nicht

den guten Herrn und die Engel zu treffen, stoppt die Religion diese Entdeckungen. Diese Inspiration kommt nicht vom Himmel zu uns. Es ist etwas, das aus uns herauskommt, aus den Tiefen unserer Nacht. Kurz gesagt, ein Linsenschleifer versucht, seine nächtlichen Erkenntnisse auf den Tisch zu legen.

Ich bin, ohne zu sein. Das heißt, dass wir von unserer Geburt bis zu unserem Tod eine Prozession sind, andere, wir sind alle anderen. Deshalb schäme ich mich nicht, mit Ihnen zu sprechen.

Genial, da wir das Wort Genie falsch verstanden haben. Wir glauben immer noch, dass das Wort Genie ein Wort ist, das nicht verwendet werden sollte.

Es ist: kollektives Genie. Wissenschaft besteht aus kollektivem Genie. Männer, die eine außerordentliche Sache tun. Genius hat nicht so etwas von einer schändlichen und ansteckenden Krankheit, die geheilt werden muss, das heißt, dass das Individuum und individuelles Genie nicht mehr zählen und der Weg frei ist für eine Art von großen kollektiven und wissenschaftlichen Genies.

Es gibt diese großartige Technik. Das habe ich schon gesagt: Das Linsenschleifen ist eine Art höhere Mathematik, von höchster Sprache, aber wir sind im Strom von etwas Gefährlichem. Denn die Linse erlaubt uns den Blick in die Erkenntnis, vielleicht sogar in die Schöpfung.

Da sind zunächst die Sterne über uns. Ich war noch nie dort, doch meine neue Linse erlaubte es mir, ihnen trotzdem einen Besuch abzustatten.

Nach dem Mond ist die Venus das hellste Gestirn am nächtlichen Himmel. Weil sie als einer der unteren Planeten nur am Morgen- oder Abendhimmel sichtbar ist und nie gegen Mitternacht, richtete ich mein neues Fernrohr auf den Planeten in den frühen Morgenstunden. Dann wieder in den Abendstunden. Noch nie hatte ich den Planeten näher und klarer gesehen, und meine Entzückung wurde zu Staunen: Genau wie der Mond nimmt die Venus verschiedene Lichtgestalten an! Ich beobachtete die

Venus über einen längeren Zeitraum mit meinem Fernrohr und konnte sehen: Venus wird von der Sonne unterschiedlich beleuchtet und zeigt sich manchmal als Sichel, manchmal als Halbvenus, und auch als nahezu runde Vollvenus.
Und noch eine Entdeckung machte ich durch die neuartige Linse, ein Meisterstück der Schleifkunst: Die Venus besitzt einen Schweif. Woraus dieser besteht, könnte ich bald vermelden.
Der bemerkenswerteste Mann muss sich immer unsichtbar machen. Ich bin nicht Teil einer wissenschaftlichen Gesellschaft. Ich habe keine Ehrendoktorwürde.
Ziehen Sie bitte trotzdem in Erwägung, mich in die Royal Society aufzunehmen.

Grinderman

Peter schaute durch das Fenster und hoffte, noch einen Blick auf die Venus werfen zu können, die jedoch von dem dunklen Nachthimmel inzwischen längst verschluckt worden war. Während ihn der erste Brief etwas ratlos zurückgelassen hatte, ließ ihn dieser nicht kalt. Irgendetwas hatte in ihm zu klingen begonnen. Er fühlte sich fast wie der Resonanzkörper eines uralten Instruments. War das ein Zeichen der Intuition? Er vermochte es nicht zu sagen, was er aber genau wusste, war: Dieser Grinderman rührte ihn an, bis tief ins Mark. Freilich hatte es nichts mit seinen Visionen zu tun. Der Grinderman war ihm nicht erschienen, hatte nicht mit ihm kommuniziert. Doch aus den Zeilen kroch eine Art von Traurigkeit, die Peter so nicht kannte, die sich aber nun seiner bemächtigte. Dabei war er sich noch nicht einmal sicher, ob dieses Gefühl mit »Traurigkeit« richtig beschrieben war oder nicht vielmehr eine große, nicht stillbare Sehnsucht repräsentierte. Wenig später meinte Peter, dass das Gefühl eher dem der Enttäuschung entsprach, nur um es Sekunden später als Hoffnungslosigkeit zu definieren. Doch jenseits dieser permanent wechselnden Emotionen fühlte sich Peter diesem mysteriösen Grinderman eigentümlich verbunden. Er empfand ihn als seelenverwandt, als Leidensgenossen. Peter wusste sehr gut, was es bedeutete, Dinge zu sehen, die anderen verborgen blieben.

Mit einem Mal wurde Peter klar, dass das, was er gerade für sich zu ordnen versuchte, ein völlig hoffnungsloses Unterfangen war. Das Gefühl, das ihn überkommen hatte, changierte. Es wechselte die Farbe wie ein Chamäleon und ließ sich nicht richtig fassen. Über diesem ganzen Chaos hatte er sich noch gar nicht richtig mit dem Inhalt auseinandergesetzt. So zwang er sich, den Brief noch einmal zu lesen. Es war nicht immer einfach, hinter den Sinn der Worte zu kommen. Immerhin schien der Grinderman mit seinen Linsen und seinem Teleskop Einblicke gewonnen zu haben, die kaum einem seiner Zeitgenossen möglich gewesen wären. Peter dachte nach. Die ersten Teleskope wurden kurz nach 1600 gebaut, meinte er sich zu erinnern. Galileo Galilei hatte eines besessen, angeblich war es tatsächlich von einem Holländer hergestellt worden. Vielleicht von diesem Grinderman? Der Brief war von 1652 datiert. Also unwahrscheinlich – es lagen gut 40 Jahre zwischen Galileos Teleskop und diesem Brief. Aber warum will ein holländischer Linsenschleifer Mitglied der Royal Society werden? Er will sich Gehör für seine Entdeckungen verschaffen. Ob sie ihn je aufgenommen haben?, fragte sich Peter. Er meinte sich daran zu erinnern, dass Engländer und Holländer im 17. Jahrhundert ziemlich ausdauernd immer wieder Krieg gegeneinander geführt hatten. Es ging um den Ostindienhandel, mit dem das kleine Holland zu einem der reichsten Länder der Erde geworden war. Und England wollte eben an diese Fleischtöpfe. Warum trug sich ein Linsenschleifer dem Feind an – jemand, der ein Teleskop bauen konnte, mit dem man die Venus so gut erforschen kann, wie es der Grinderman offenbar getan hatte, musste doch für beide Seiten interessant sein? Auf See könnten bessere Teleskope entscheidend sein, vor einer Schlacht. Manchmal war es genau diese Art von Zufällen, die die Weltgeschichte veränderte.

Hatte jener Grinderman in die Geschichte eingegriffen? Hatte er den englisch-holländischen Krieg beeinflusst, einen Krieg, an den sich kaum noch jemand erinnerte und der sich, soweit Peter es wusste, eigentlich nur auf dem Wasser abgespielt hatte? Immer mehr Rudimente legte er in seiner Erinnerung frei. Die meisten Schlachten hatte es im Ärmelkanal gegeben. Der Ausguck auf einem Schiff konnte etwa 15 Kilometer weit sehen. Von den Kreideklippen von Dover aus war die Sichtweite schon auf 37 Kilometer angewachsen. Nein, kriegsentscheidend wäre ein neues Teleskop vermutlich nicht gewesen.

Doch wenn der Grinderman die Welt nicht auf den Schlachtfeldern verändert hatte, dann vielleicht in anderer Weise. Ihm fiel die Idee der Camera obscura wieder ein. War es am Ende vielleicht eine Linse des Grinderman gewesen, die diese fantastischen Bilder von Jan Vermeer erst ermöglicht hatte? Der Grinderman konnte sich offenbar nicht damit abfinden, dass er nur als einfacher Handwerker abgetan wurde. Er hielt sich für einen Wissenschaftler. Oder war er in Wirklichkeit ein Künstler? Peter stockte bei dem Gedanken kurz der Atem. Das eröffnete ja ein völlig neues Bild, sozusagen auf den Kopf gestellt. Demnach wäre der Grinderman mit seinen kunstvoll geschliffenen Linsen der wahre Künstler, und Jan Vermeer, der die projizierten Bilder abgemalt hätte, wäre nur der Handwerker gewesen. Das Bild stünde in der Tat auf dem Kopf – wie eben bei einer Camera obscura!

DER FLIEGENDE FUCHS

Irgendwann war Peter eingeschlafen. In einem wirren Traum flog das Flugzeug nun nicht mehr in Richtung Amsterdam, sondern hatte Kurs auf die Venus genommen. Peter sah sich im Cockpit sitzen und hörte über den Kopfhörer Giovannas Stimme, die sich als Fluglotsin ausgab. Sie gab ihm die Anweisung, er solle unbedingt Vermeer einholen, der von der Erde geflüchtet war. Er, Peter, sei der Einzige, der Vermeer erreichen könnte, ehe er auf den Abendstern stürzte und für immer verloren sei. Mit einem antiken Teleskop suchte Peter den Horizont ab und entdeckte schließlich Vermeer. Den rechten Arm hatte er wie Superman vorangestreckt, unter dem linken trug er *Das Mädchen mit dem Perlenohrgehänge*. So raste Vermeer auf die Venus zu. Peter betätigte den Schubhebel. Das Flugzeug beschleunigte und begann auseinanderzubrechen.

Peter riss die Augen auf und atmete schwer. Eine Stewardess beugte sich zu ihm und fragte besorgt: »Kann ich etwas für Sie tun, Sir?«

Doch Peter schüttelte nur den Kopf und bedankte sich. Es dauerte einige Sekunden, bis er wieder bei sich war. Hatte der Traum irgendetwas zu bedeuten?, fragte er sich. Die

Sichtblende des Fensters war heruntergezogen. Peter öffnete sie einen Spalt. Draußen war es gleißend hell. Er begann in seinen Unterlagen zu kramen und bemühte schließlich sein Tablet, um sich auf seinen Besuch in Holland vorzubereiten. Tatsächlich schien ihm das Land kaum größer als Manhattan. Bei dem Gedanken musste er grinsen. Schließlich war auf dem heutigen Manhattan einst eine Stadt mit Namen Nieuw Amsterdam gegründet wurden. Vom Flughafen des alten Amsterdams waren es gerade mal 50 Kilometer bis zu Vermeers Geburtshaus. Es war noch heute eine Herberge, die auf den Namen »De Vliegende Vos« hörte, was nichts anderes bedeutete als *Der fliegende Fuchs*. Den hatte schon Vermeers Vater betrieben. Es würde wohl kaum eine passendere Unterkunft für jemanden geben, der Jan Vermeer schon einmal persönlich begegnet war. Chroseby hatte bereits ein Zimmer für ihn dort gebucht. Peter zweifelte keine Sekunde daran, in jener Herberge den Meister erneut zu treffen. Der Gedanke daran erzeugte überraschenderweise dieses Mal kein Angstgefühl, sondern eine diffuse, grimmige Wut. Peter nahm sich vor, Jan Vermeer dann zur Rede zu stellen. Schließlich rief sich Peter für seine wirren Gedanken zur Ordnung, gerade in dem Moment, als der Kapitän seine Passagiere schonend auf das Ende der Nachtruhe hinwies, weil sie in einer Stunde in Schiphol landen würden.

***

Peter war richtig aufgeregt. Holland, das Land Vincent van Goghs! Windmühlen, Tulpenfelder! Grachten! Er nahm seinen Mietwagen in Empfang und programmierte das Navigationsgerät. Wie klein das hier alles war! 50 Kilometer – das war ja wie von der Bronx nach Staten Island. Halb Holland passte offenbar gerade in ganz New York, sinnierte er, als er das Parkhaus verlassen hatte. Und schon zuckte er zusammen. Ein Straßenschild wies den Weg nach Haarlem! Bei dem Gedanken, dass Peters Heimat, immerhin eine der größten Metropolen der Welt, ihre Ursprünge genau hier hatte, empfand er nun plötzlich doch eine gewisse Ehrfurcht. Der folgte allerdings bald eine Art Ernüchterung.

Er war der Beschilderung A4 gefolgt, einer Schnellstraße, die sich als schnurgerade vierspurige Autobahn entpuppte, die Amsterdam und Rotterdam verband. Alles wirkte dicht besiedelt, Fabrikhallen säumten zunächst den Weg. Doch als er endlich den Ballungsraum Amsterdam verlassen hatte, war von blühenden Tulpenfeldern auch nichts zu sehen. Öde Monokulturen säumten die Autobahn, von Windmühlen keine Spur. Das flache Land wirkte trist und öde. Das Aufregendste auf der ganzen Fahrt war ein Brückenrestaurant, das sich über die acht Fahrbahnen spannte. So etwas kannte er aus den Staaten nicht.

Endlich wies ihm ein Schild den Weg nach Delft. Er bog von der Autobahn ab. Die Straßen wurden enger, die Radfahrer zahlreicher, und schließlich wurde ihm klar, dass er mit seinem Auto nicht einmal in die Nähe des *Fliegenden Fuchses* kommen würde.

Er fand eine Tiefgarage am Rande der Innenstadt und machte sich mit seinem Rollkoffer auf den Weg. Er zog ihn über die Koeportbrug, eine typisch holländische Klappbrücke, und hatte nun das erste Mal das Gefühl, wirklich in Holland angekommen zu sein. Aus der Ferne sah er schon den hohen schmalen Kirchturm der Nieuwe Kerk, die ihm als Anhaltspunkt diente. Sosehr ihn die Fahrt über Land enttäuscht hatte, so sehr gefiel ihm nun der Spaziergang durch das alte Delft. Die Straßen waren im Schachbrettmuster angeordnet, was ihn an seine Heimat Manhattan erinnerte. Im Gegensatz dazu standen die bunten, niedrigen Häuschen, die sich nahtlos aneinanderreihten. Vor der Nieuwe Kerk, der neuen Kirche, breitete sich ein riesiger rechteckiger Platz aus, eingesäumt von eben den gleichen vielfarbigen Stadthäusern, gerade mal zwei oder drei Stockwerke hoch. Ein Café reihte sich an das andere. Abgeschlossen wurde der Platz vom Stadhuis, dem Rathaus von Delft. Der opulente Bau mit seinen markanten roten Fensterläden stand hier als Kontrapunkt zur Nieuwe Kerk und wirkte neben fast bescheiden anmutenden Bürgerhäusern riesig. Vor allem aber legte das Stadhuis architektonisch ein beeindruckendes Zeugnis über das goldene Zeitalter ab, also genau jene Zeit, in der Jan Vermeer gelebt hatte. Peter blieb mitten auf dem Platz stehen und sog die Atmosphäre in sich ein, in der er sich nun ganz zu verlieren schien. Fast vergaß er, dass er ja zu seiner Unterkunft wollte.

Eine Gasse führte vom Markt in der Voldersgracht. Das war genau so, wie er sich Holland vorstellte: ein schmaler Kanal, flankiert von einem gepflasterten Gehweg, eingesäumt von kleinen zwei- oder dreistöckigen, geduckten Häusern. Dominiert wurde die Szene von einem rot geklinkerten Gebäude, größer als die Nachbarhäuser und versehen mit einer Glasfront, das keinerlei Zweifel aufkommen ließ, warum es so herausstach: Es war das Vermeer-Museum.

Peters Ziel lag dagegen kaum 20 Schritte weiter. Das deutlich kleinere weißgetünchte Haus fiel durch seine blau-weiße Pergola und die beiden holländischen Flaggen links und rechts auf. Auf Niederländisch und Englisch war zu lesen, dass hier Vermeer geboren sei und dass man in diesem Haus »seit 1632 essen, trinken und logieren« könne. Der Unterschied zwischen dem eher noblen Museum und dem kleinen Gasthaus konnte größer kaum sein. Er hatte den *Fliegenden Fuchs* gefunden.

An der kleinen Rezeption wurde Peter schon vom Wirt persönlich erwartet. Er war ein stämmiger Mann mit Glatze, Vollbart und rotem Gesicht, der Peter fast überschwänglich begrüßte: »Ah, Sie müssen Mr. Peter Falcon aus New York sein, das habe ich mir gleich gedacht!«, rief er, und Peter schaute verstohlen an sich hinab. Woran mochte es der Wirt erkannt haben? Doch der übte sich weiter in Hellseherei.

»Ich gehe jede Wette ein, dass Sie dem Enigma Vermeer auf der Spur sind«, redete er weiter, ohne Peter zu Wort kommen zu lassen. Gleichzeitig schob er ihm das Anmeldeformular über den Tresen. Peter fragte sich, ob in der eher kleinen Herberge tatsächlich auch Leute abstiegen, die keine Ahnung von Vermeer hatten. Der Wirt schnappte sich Peters Rollkoffer.

»Ich zeige Ihnen Ihr Zimmer«, meinte er vergnügt. Sie stiegen durch ein schmales Treppenhaus über rote Stufen. Der Wirt redete weiter ohne Unterlass und ratterte dabei Vermeers Lebensdaten herunter: »... trat er am 29. Dezember 1653 der hiesigen St.-Lukas-Gilde bei. Auch ihr

Gebäude finden Sie hier in der Voldersgracht ... Heiratete er Catharina Bolnes ... Von den 15 Kindern des Paares überlebten elf ... Hier ist Ihr Zimmer!«

Peter bedankte sich höflich. Der Mann legte den Kopf schief und fragte ganz unverblümt: »Haben Sie eine besondere Beziehung zu Jan Vermeer?«

Peter verschluckte sich und hustete. Er konnte dem Mann doch unmöglich von seiner speziellen Verbindung zu dem Meister berichten. So antwortete er ausweichend: »Natürlich verehre ich Jan Vermeer, wer täte das nicht? Er war schließlich einer der größten Künstler seiner Zeit.«

»Der größte!«, insistierte der Wirt.

»Nun ja, ich kenne da den ein oder anderen Kollegen aus Italien, der Ihnen da wiedersprechen würde«, entgegnete Peter mit einem Lächeln. Er sah, wie sich die Stirn des Mannes in Falten legte, und fügte eilig hinzu: »Mir persönlich sind die italienischen Meister zu verspielt. Und unter uns, ihr Pathos ist nur schwer erträglich. Da ist mir doch die Klarheit und Bodenständigkeit eines Vermeers tausendmal lieber.«

Die Antwort schien ihn zu besänftigen. Versöhnlich gab er zu:

»Immerhin hat er ja viel von ihnen gelernt.«

Peter stutzte.

»Wie meinen Sie?«

Der Wirt kniff die Augen zusammen und fragte lauernd: »Sie sind doch nicht etwa einer von *denen*?«

»Von welchen?«, fragte Peter verwirrt.

»Na von denen, die behaupten, er habe nur abgemalt.«

Peter winkte ab. »Ach so, Sie meinen die Geschichte mit

der Camera obscura. Ach nein, ein Genie wie Vermeer … Ich glaube nicht …«

»Sehen Sie, sehen Sie!«, unterbrach ihn der Wirt. »Ganz meine Meinung. Wenn Sie es ganz genau wissen wollen: Ich glaube, Vermeer hat bei seiner Reise nach Italien die italienischen Meister studiert und ihre Techniken weiterentwickelt.«

»Ist das so?«, fragte Peter, Interesse heuchelnd.

»Aber natürlich, wie soll es auch sonst gewesen sein? Natürlich, es gibt dieses Enigma Vermeer. Aber ist es nicht das, was ein wahres Genie ausmacht? Dass es von einem Geheimnis umgeben ist, das Normalsterbliche nicht werden lüften können? Die Farben, das Spiel mit dem Licht und all das ist so real, als würde es direkt vor einem stehen. Haben Sie nie den Impuls verspürt, in eine Obstschale zu greifen, die Vermeer gemalt hat?«

Das Geheimnis Vermeer manifestierte sich für Peter im Moment eher in dem Wirt selbst als in der Malkunst des Meisters. Die nicht enden wollenden Elogen auf Vermeer empfand Peter im Moment eher ermüdend. Er musste ein Gähnen unterdrücken.

»Entschuldigen Sie, vielleicht können wir dieses spannende Gespräch ein andermal fortsetzen? Sie verstehen, der Jetlag.«

Der Wirt schaute ihn schuldbewusst an.

»Oh ja, ich verstehe, entschuldigen Sie bitte, das hab ich ja völlig vergessen. Aber seien Sie versichert, sollten Sie Fragen zu Jan Vermeer haben, können Sie sich jederzeit an mich wenden.«

»Oh ja, mit großem Vergnügen«, schwindelte Peter.

Als er endlich alleine war, spürte er, wie die Müdigkeit weiter in ihm hochkroch. Er musste schmunzeln. Sein Wirt, so schien ihm, betrachtete Vermeer wohl als eine Art persönliches Eigentum. Natürlich kannte er die These von der Italienreise. Das Problem war nur, dass eine solche Reise ebenso wenig belegt war wie die Annahme, Vermeer habe für seine Gemälde eine Camera obscura verwendet. Doch das war längst nicht das einzige Rätsel, das Vermeer der Nachwelt hinterlassen hatte. Das größte Rätsel war vielleicht, dass Vermeer überhaupt so ein großes Rätsel war. Das Goldene Zeitalter, in dem er gelebt hatte, zeichnete sich unter anderem durch eine wie geölt funktionierende Verwaltung aus, in der alles festgehalten, aufgeschrieben und archiviert wurde. So waren alle wichtigen Lebensdaten des Malers bekannt, seine Lebensumstände und seine finanziellen Verhältnisse wurden überliefert, und trotzdem blieben all diese Fragen. Peter dachte an William Shakespeare, der 16 Jahre vor Vermeers Geburt gestorben war. In dessen Biographie fehlten wichtige Daten, auch ihn umrankten viele Geheimnisse. Die Spekulationen gingen sogar so weit, dass es Zweifel an der Urheberschaft seiner Werke gab. Trotzdem hatte man bei Shakespeare das Gefühl, ihn zu kennen, er schien viel greifbarer für die Nachwelt als die »Sphinx von Delft«, wie der französische Kunstkritiker Théophile Thoré-Bürger Vermeer einst genannt hatte.

***

Peter ließ sich ins Bett fallen und schlief sofort ein. Drei Stunden später wachte er wieder auf und wusste erst nicht so genau, wo er denn nur war, bis er so langsam seine Gedanken wieder geordnet hatte. Er war in Holland, im Lande van Goghs, in Delft, der Stadt Vermeers, und er fühlte sich großartig. Doch dann fiel ihm sein Auftrag wieder ein. Peter seufzte. Ehe er sich weiter mit den Meistern befassen konnte, sollte er sich vielleicht besser mit dem beschäftigen, weswegen ihn Giovanna hierhergeschickt hatte: mit dem mysteriösen Grinderman. Vielleicht konnte ihm sein redseliger Wirt weiterhelfen.

Er machte sich frisch und ging hinunter. Der Wirt stand hinter dem Tresen und notierte gerade irgendetwas. Als er Peter sah, hellte sich seine Miene auf:

»Ah, haben Sie ein wenig geschlafen? Haben Sie Hunger? Wie wäre es denn mit einer Kleinigkeit?«

Peter spürte plötzlich, dass sein Magen ziemlich knurrte.

»Hm, ja, eigentlich schon, was isst man denn hier so?«

»Sie waren noch nie in Holland? Passen Sie auf, ich mache Ihnen einen Teller mit einigen ganz typischen Dingen. Es wird Ihnen schmecken. Es schmeckt allen Amerikanern! Sie können sich schon mal setzen, draußen ist noch Platz.«

Vor der Fassade standen zwei kleine Holztische, von denen noch keiner besetzt war. Peter ließ sich nieder, schloss für einen Moment die Augen und genoss es einfach, hier zu sein. Er sog die Luft in sich ein, die leicht salzig und ein wenig brackig roch. Touristen schlenderten vorbei, tuschelten und zeigten auf den Fuchs mit Cape, der das Schaufenster zierte.

»Et c'est la maison où Vermeer est né?«, hörte er eine französische Touristin fragen, deren Begleiter heftig nickte. Ein

japanisches Paar fotografierte fleißig. Radfahrer schlängelten sich zwischen den Fußgängern hindurch.

»So, bitte schön«, rief der Wirt, der mit einem großen Teller ankam und ihn vor Peter platzierte. Alles, aber auch wirklich alles auf dem Teller war frittiert. Ohne zu fragen, setzte sich der Wirt.

»Das hier«, er deutete auf lange Rollen, »sind Rundvleeskroket, daneben Bitterballen. Diese Köstlichkeiten sind Bamischijven, eine Referenz an unsere koloniale Vergangenheit, genauso wie die Loempia, und dann natürlich Frietjes, die ihr Amerikaner ja völlig unbegreiflicherweise French Fries nennt. Dabei sind sie durch und durch holländisch!«

Ungefragt hatte ihm der Wirt auch noch ein Glas Bier dazugestellt. Peter protestierte nicht. Er begann zu essen, und hatte er zuvor noch Zweifel gehabt, dass er die gewaltige Menge an Frittiertem herunterbekommen würde, sah er sich bald eines Besseren belehrt. Als er den Teller geleert hatte, verschwand der Wirt für einen Moment, um dann mit einer Schnapsflasche und zwei kleinen Gläsern zurückzukehren. Er stellte die Flasche auf den Tisch, schenkte ein und mahnte: »Trinken Sie, das ist gut für die Verdauung.«

»Was ist das?«, fragte Peter misstrauisch.

»Probieren Sie.«

Peter roch und nippte ein wenig. Es schmeckte wie Gin, nur viel aromatischer. Das war gut! Der Wirt strahlte.

»Das ist Genever, echter Genever«, betonte er. Also schien es auch falschen zu geben.

»Auch wenn ich ein großer Verehrer von Jan Vermeer bin, eigentlich führt mich ja etwas anderes in Ihre schöne Stadt.«

»Nur zu, fragen Sie, ich helfe gerne.«

»Haben Sie schon mal etwas von einem Grinderman gehört?«

»Grinderman? Nö, wer soll das sein?«

»Nun, ein Handwerker der Zeit, der Linsen für optische Geräte erfunden hat.«

»Ach nee, Sie meinen wohl den Antoni van Leeuwenhoek!«, rief der Wirt wissend aus. »Der hat hier ein paar Meter die Straße hoch gelebt.«

»Kann ich ihn da treffen?«

Der Wirt schaute Peter schräg von der Seite an.

»Treffen? Der ist seit über 300 Jahren tot! Oder können Sie mit Geistern sprechen?«

Peter zögerte. Der Wirt lachte: »*Ghostbuster?* Sie sind wohl sowas wie ein Geisterjäger. Ha, dann müssen Sie in die Oude Kerk gehen, da liegt er begraben, wie auch Jan Vermeer.«

»Leeuwenhoek, so, so«, meinte Peter versonnen. »Und er lebte hier in der Voldersgracht? War er ein Zeitgenosse? Vielleicht mit Vermeer sogar befreundet?«

Der Wirt zuckte nur mit den Schultern.

»Zeitgenosse? Ja. Ob sie sich kannten? In der Voldersgracht kennt ja heute noch jeder jeden. Aber eines ist sicher: Er war Vermeers Testamentsvollstrecker.«

***

Peter hatte sich vom Wirt den Weg zur Oude Kerk beschreiben lassen. Der uralte Backsteinbau war auf seine Art nicht weniger eindrucksvoll als die Nieuwe Kerk. Der massive, leicht schiefe Hauptturm war von drei kleineren Türmen gekrönt. Als er das Innere des großen Gotteshauses betrat, war er überrascht, wie hell es hier war. Er ließ seine Blicke im Rund über die weiß gekalkten Wände streifen. Irgendetwas war merkwürdig. Langsam ging er durchs Hauptschiff in Richtung Altar. Er sah eine Gruppe Touristen in einiger Entfernung auf den Boden starren. Die gedämpften Worte des Fremdenführers drangen bis zu ihm durch.

»Hier liegt Jan Vermeer begraben, einer der bedeutendsten Künstler seiner Epoche. Beachten Sie bitte, dass die Grabplatte, die Sie hier sehen, jüngeren Datums ist. Als Vermeer starb, war seine Familie verarmt. Erst 2007 wurde ihm diese Platte gewidmet, die seiner würdig ist.«

Peter musste an van Gogh denken, der einst ebenfalls mittellos gestorben war. Die Gruppe ging weiter, und Peter hörte den Fremdenführer sagen: »Hier ruht Admiral Maarten Tromp, einer der großen Seehelden unserer Geschichte. Er fiel 1653 bei der Seeschlacht von Scheveningen. Ein weiterer großer Admiral war Piet Pieterszoon Heyn, der hier ebenfalls begraben liegt. Ihm gelang es 1628, die spanische Schatzflotte zu kapern und dabei Schätze im Wert von auf heute umgerechnet einer Milliarde Euro zu erbeuten ...«

Die Seehelden der Holländer interessierten Peter weniger. Er suchte nach einem anderen Grab und fand schließlich die Platte, auf der der Name Antoni van Leeuwenhoek zu lesen war. Und nun? Peter war enttäuscht. Er hatte erwartet, dass ihm jeden Moment jemand auf die Schulter tippen und sich entweder als Vermeer oder Leeuwenhoek zu erkennen geben würde. Stattdessen rührte sich ein Vorhang ganz in der Nähe, hinter dem ein Mann hervortrat und sich zu ihm gesellte. Er hatte eine Stirnglatze, schien zwischen 50 und 60 Jahre alt zu sein. Sein Spitzbart war wohl eine Referenz an das Goldene Zeitalter. Peters Herz schlug schneller.

»Kann ich Ihnen helfen?«, fragte der Mann, und Peter druckste herum.

»Sie interessieren sich für Antoni van Leeuwenhoek? Er war in der Tat einer der größten Söhne unserer Stadt.«

»Sind Sie zufällig Linsenschleifer?«, platzte Peter heraus. Der Mann stieß ein kurzes helles Lachen aus.

»Gott bewahre, nein. Aber ich weiß diese Kunst zu schätzen. Wissen Sie, was Leeuwenhoek so bedeutend macht? Er hat uns das Sehen wiedergegeben – und zwar tiefer und weiter, als wir es zuvor vermochten. Und es ist von nicht geringer Ironie, dass er ausgerechnet hier seine letzte Ruhe gefunden hat.«

»Ich verstehe nicht«, meinte Peter verwirrt.

»Was sehen Sie hier an den Wänden?«

»Nichts«, erwiderte Peter.

»Eben! Kein Bild, nichts. Und selbst die wenigen Fensterbilder, die es hier gibt, sind erst aus dem 20. Jahrhundert.«

»Aber ich verstehe den Zusammenhang nicht.«

Der Mann nickte bedächtig.

»Es war im August des Jahres 1566, da stürmten Fanatiker die Kirchen in Delft, Den Haag, Utrecht und anderen Orten in den Niederlanden. Sie rissen alle Bilder heraus, zerstörten die Statuen. Es war blindwütiger Vandalismus.«

»Aber warum?«

»Weil die Gläubigen nichts sehen, sondern glauben sollten. Es ist das alte biblische Thema: ›Du sollst dir kein Bildnis machen‹. Sehen – mit den eigenen Augen – war nach deren

Ansicht ein Sakrileg, eine Gotteslästerung. Was, glauben Sie, hätten die Eiferer mit jemandem wie Leeuwenhoek gemacht? Jemandem, der wunderbare Teleskope baute, mit denen man die Gestirne erforscht, der mit seinem Mikroskop zum ersten Mal die roten Blutkörperchen gesehen hat?«

»War er der Grinderman?«, fragte Peter flüsternd.

»Wo haben Sie denn dieses Wort aufgeschnappt? Sie sind doch Amerikaner, oder?«

»Ja, sieht man das?«

Wieder lachte der Mann.

»Nun ja, man erkennt Sie als solchen. Daher wunderte ich mich. ›Grinderman‹ ist ein alter Ausdruck. Er kommt tatsächlich vom ›Schleifen‹. Aber es hat auch die Bedeutung von, wie soll ich sagen ... ›Abdecker‹? Jedenfalls ist es nicht gerade ein Ehrenname. Wobei, mich nannten sie auch ›Bestevaêr‹, was so viel wie ›Großvater‹ bedeutet, und das war durchaus ehrenvoll gemeint.«

»Also glauben Sie nicht, dass Antoni van Leeuwenhoek so genannt wurde?«

Der Mann schüttelte bedacht den Kopf.

»Leeuwenhoek? Ausgeschlossen. Er war sehr geachtet bis zu seinem Tod. Er wurde immerhin 91 – ein biblisches Alter in jener Zeit.«

»Kannten die beiden sich?«, wollte Peter wissen und deutete auf das Grab von Vermeer.

»Sie wohnten beide in der Voldersgracht. Mit Sicherheit kannten sie sich. Sie waren ja etwa gleich alt. Trotzdem glaube ich, dass sie keinen Umgang miteinander hatten.«

»Was macht Sie da so sicher?«

»Sehen Sie, die Vermeers waren nicht gerade wohlhabend.

Eine Gastwirtsfamilie. Leeuwenhoek dagegen war ein hochangesehener Mann. Zu seinen Gästen zählten der Duke of York, die englische Königin Maria II. und sogar Zar Alexander der Große. Auch John Locke hat ihn besucht. Aber im Grunde war Leeuwenhoek ein ziemlicher Einzelgänger, der keinen großen Wert auf gesellschaftlichen Umgang legte.«

»Aber er hat doch Vermeers Nachlass geregelt?«, insistierte Peter.

»Das schon, aber das war wohl eher seinem Ansehen geschuldet als einer tieferen Freundschaft mit Vermeer.«

Peter holte tief Luft und fragte direkt: »Und Sie? Haben Sie die beiden gekannt?«

»Ich war meist auf See. Immerhin, mein erstes Teleskop stammt aus Leeuwenhoeks Werkstatt. Er war gerade mit der Ausbildung fertig geworden. Aber lange konnte ich mich nicht daran erfreuen.«

»Es tut mir leid …«

»Mein Freund, das ist Geschichte. Ich weiß, dass Sie hier jemand anderen erwartet haben. Und dann kommt so ein alter Seemann daher.«

»Ich wollte Sie nicht …«

»… kränken? Aber nein. Sie sind auf der Suche nach etwas Verborgenem, das ist mir klar. Sie versuchen, es sichtbar zu machen – so, wie Leeuwenhoek Verborgenes sichtbar gemacht hat.«

Peter seufzte.

»Da mögen Sie recht haben. Mehr können Sie mir nicht sagen?«

»Mehr weiß ich nicht. Aber vielleicht kann ich Ihnen doch noch mit einem Rat behilflich sein.«

»Aber gerne«, erwiderte Peter aufgeregt.

»Schauen Sie auch hinter den Vorhang.«

»Wie meinen Sie das?«, fragte Peter verblüfft.

»Vielleicht sehen Sie sich Vermeers Bilder genauer an.«

Er nickte Peter freundlich zu und verschwand wieder hinter dem Vorhang.

DER STOFF, AUS DEM DIE TRÄUME SIND

37 Bilder hatte Jan Vermeer in seinem Leben gemalt – nur 37. Gut, er war schließlich auch nur 43 Jahre alt geworden. Aber was bedeutete das schon? Vincent van Gogh hatte über 800 Bilder gemalt und war nur 37 Jahre alt geworden. Peter überlegte, ob das ein Zufall war: 37 Jahre von van Gogh und 37 Bilder von Vermeer?

Er lag auf seinem Bett im *Fliegenden Fuchs*, hatte die Arme hinter dem Kopf verschränkt und starrte Löcher in die Decke. Seine Gedanken hatten sich wieder bei Vermeer festgefressen und bei der merkwürdigen Begegnung mit dem Admiral. Was hatte er ihm sagen wollen – *hinter den Vorhang schauen*? Sein Blick schweifte durch das Zimmer. An den Wänden hingen einige Repliken von Vermeers Bildern. Er starrte auf die berühmte Stadtansicht von Delft. Nichts. Er drehte den Kopf. An der anderen Wand hing das *Brieflesende Mädchen*.

Vermeer hatte im Gemälde das Mädchen, dessen Kopf sich in der Bildmitte befand, direkt vor dem zweiteiligen Fenster positioniert, über das ein roter Vorhang geschlagen war. Das geöffnete Fenster erlaubt keinen Blick ins Freie.

Ein zweiter grüner Vorhang bestimmte fast ein Drittel des Bildes rechts. Er gehörte nicht zu dem Zimmer der Briefleserin. Mittels kleiner Ringe war er an einer Messingstange vor dem Bild aufgehängt, es war gerade so, als hinge er vor dem Bild – eine perfekte Illusion! *Trompe-l'œil* nannte man das in der Kunstgeschichte, das kam aus dem Französischen und bedeutete »Augentäuschung«, war also eine illusionistische Art von Malerei, die mittels perspektivischer Darstellung Dreidimensionalität so vortäuscht, als würde der Vorhang förmlich vor dem Bild hängen. Ja, darum ging's! Um Täuschung, ja, vermutlich um ein Täuschungsmanöver! Doch warum?

Genau in diesem Moment klingelte das Telefon. Es war Giovanna. Sie schien ziemlich aufgeregt.

»Haben Sie schon irgendetwas herausbekommen, was uns weiterhelfen könnte?«, fragte sie, und ihre Stimme klang ein wenig atemlos.

»Sie wollen wissen, ob ich mal wieder einen Geist gesehen habe?«, fragte er zurück und wirkte dabei sarkastischer, als es seine Absicht gewesen war.

»Entschuldigen Sie, Peter, so war das nicht gemeint.«

»Schon gut. Ich war in der Oude Kerk, wo Vermeer und Leeuwenhoek begraben sind …«

»… und sicher hängt da ein Bild, von dem Sie sich haben inspirieren lassen?«

»Da hängt kein einziges Bild, Giovanna, nicht mal ein Tintenklecks. Keine Bilder, keine Statuen, nichts, nur weiße Wände.«

»Aber wie kann das sein, in einer Kirche?«

»Haben Sie mal was von den Bilderstürmern gehört?«

»Oh …«, machte sie etwas kleinlaut. »Ja, ich verstehe. Aber wenn dort die Gräber sind, hat vielleicht Jan Vermeer …«

»Nein, hat er nicht, auch Antoni van Leeuwenhoek nicht.«

»Wer dann?«

»Admiral Marten Tromp.«

»Admiral wer?«, fragte sie verblüfft.

»Tromp. Ein Freiheitsheld der Holländer. Starb bei irgendeiner Seeschlacht.«

»Und was hat der mit Vermeer oder Leeuwenhoek zu tun?«

»Sie waren Zeitgenossen. Er glaubt nicht, dass sich die beiden gut kannten, obwohl sie in der gleichen Straße lebten und sogar gleich alt waren. Die sozialen Unterschiede seien zu groß gewesen. Aber …«

»Was aber?«

»Ich glaube, er täuscht sich.«

»Bitte, was? Sie zweifeln die Kompetenz Ihrer eigenen Geister an?«, rief Giovanna verblüfft aus.

»Ach bitte, Giovanna, es ist nicht so, wie Sie sich das vorstellen. Außerdem, warum sollen die unfehlbar sein? Das waren sie zu Lebzeiten nicht, warum sollten sie es nach ihrem Tod sein?«

»Hat er denn gar nichts gesagt, was uns weiterbringen könnte?«, fragte sie fast verzweifelt.

»Doch, es war seltsam, und ich kann mir keinen rechten Reim darauf machen. Er meinte, ich solle auch hinter den Vorhang sehen. Wissen Sie, was das bedeuten soll?«, fragte Peter.

Giovanna brummte etwas Unverständliches ins Telefon, was wohl zeigen sollte, dass auch sie ratlos was. Schließlich meinte sie:

»Es gibt noch einen anderen Grund, warum ich anrufe.

Ein neuer Brief ist angekommen. Ich schicke Ihnen eine Kopie.«

»Und?«, fragte Peter knapp.

»Es ist sensationell.«

»Tun Sie nicht so geheimnisvoll, Giovanna.«

»Ich werde es Ihnen faxen.«

»Sie werden *was*?«, rief Peter entgeistert.

»Ich schicke ein Fax, an Ihre Pension oder Herberge oder was auch immer das ist.«

»Giovanna, wir leben im 21. Jahrhundert. Fax ist ... Ach, wollen Sie nicht gleich einen reitenden Boten schicken?«

»Am liebsten hätte ich Ihnen einen Brief geschickt, einen handgeschriebenen«, seufzte Giovanna, »aber da es schnell gehen muss ...«

»So eine E-Mail soll ziemlich flink sein, hab ich mir sagen lassen«, antwortete Peter spitz.

»Jetzt lassen Sie mir halt die Freude. Das Fax ist ja nur so etwas wie ein Kompromiss. Und ich weide mich an der Vorstellung, wie Sie neugierig vor dem Gerät stehen und versuchen herauszubekommen, was da jetzt steht, während das Papier ganz langsam zeilenweise sein Geheimnis offenbart.«

»Als Folterknecht hätten Sie sicher auch ein gutes Auskommen gehabt.«

»Foltermagd heißt das, Foltermagd«, entgegnete Giovanna und lachte. »Gehen Sie schon mal runter und sagen Sie Ihrem Wirt, was Sie erwarten.«

»Und wenn er gar kein Faxgerät hat?«, fragte Peter ein wenig boshaft.

»Oh doch, das hat er. Wie hätten wir denn sonst Ihr Zimmer gebucht?«, konterte sie amüsiert.

Peter blieb nichts anderes übrig, als sich der Laune Giovannas zu fügen. So stand er auf und trottete die Treppe hinunter. Wie sollte er es nur dem Wirt begreiflich machen? Ein Fax! Er würde ihn für verrückt halten.

Peter trat an die kleine Rezeption. Sie war verwaist. Irgendwo im Hintergrund hörte Peter das charakteristische Fiepen eines Faxgeräts. In diesem Moment kam der Wirt hervor, stellte sich hinter dem Tresen in Positur und meinte mit ernster Miene: »Ich glaube, dieses Fax ist für Sie, Mr. Falcon.«

Er winkte Peter zu sich in ein winziges Büro hinter dem Tresen. Mit einem Kopfnicken deutete er auf das Gerät, aus dem sich quälend langsam ein Stück Papier schob. Unwillkürlich reckte Peter den Hals, um die ersten Zeilen entziffern zu können. In seinem Rücken spürte er, wie es ihm der Wirt nachtat. Empört drehte er sich um, doch der Wirt schaute ihn nur aus freundlichen Augen spöttisch an und fragte: »Hat das auch mit Ihrer Geisterjagd zu tun?«

Peter zuckte mit den Schultern.

»Mag sein, aber dazu muss ich es wohl erst einmal lesen.«

»Sie wollen mir nicht sagen, was da drinsteht?«, fragte der Wirt neugierig. »Wissen Sie, hier in Holland ist es nicht üblich, Geheimnisse zu haben.«

Peter hob überrascht die Augenbrauen.

»Ach, ist das so?«, fragte er indigniert.

Der Wirt zuckte mit den Schultern.

»Jedenfalls gilt es nicht als besonders höflich.«

»Dann wird es Sie sicher wundern, was wir in den Staaten so alles als unhöflich betrachten«, gab Peter kühl zurück.

Inzwischen hatte das Faxgerät alle Blätter ausgespuckt. Peter klopfte sie zusammen und empfahl sich dem Wirt. In seinem Zimmer angekommen, begann er zu lesen:

2. Juni 1653

An die Mitglieder der Royal Society.

Nun, im Moment scheint es Ihnen vielleicht wie ein Manöver, mit Ihnen zu sprechen. Ein Wissenschaftler aus dem rivalisierenden Königreich Niederlande, was wollte er schon?
Offensichtlich kommt es mir vor, wenn ich geschrieben habe, nicht gerade ein Manöver zu sein, da mein Kopf zur gleichen Zeit wie meine Hand arbeitet. Meine Hand muss diesem geheimnisvollen Charakter dienen, der in mir lebt, und dieser ist dabei, ein ganz neues Reich zu erobern.
Oft ruhe ich mich von meinen mühsamen Schleifarbeiten aus, das heißt, ich sitze und schaue.
Im Allgemeinen sind dies die Wände und der Tisch meiner Werkstatt, an denen ich mich ausruhe. Und da sehe ich eine Fliege, die sich von draußen durch das Fenster zu mir setzt.
Eine Eintagsfliege. Sie summt durch die Luft und verbringt ihr gesamtes Leben in nur wenigen Stunden. Was für uns Menschen nur einen Bruchteil unserer Lebenszeit ausmacht, ist für die Eintagsfliege vielleicht eine lange Zeit. Sie bemerkt nicht, dass sich etwas auf unserer Welt ändert. Weiß sie, dass die Sonne im Osten aufgeht, im Süden kulminiert und im Westen untergeht? Nein. Genauso wenig, wie sie die frischen grünen Blätter einer Eiche im Frühjahr und die bunten fallenden Blätter im Herbst bemerkt.
Wir können lesen, dass es dem Venusianer angeboten wird, der uns das

Geheimnis der Gravitation gebracht hat. Dieses Geheimnis ist verloren, und wir ziehen uns schmerzhaft vom Boden weg. Und wir umkreisen derzeit die Erde mit großer Geschwindigkeit. Aber wie einer Fliege, die einen Apfel umkreist und nicht viel über die Schale, die Haut hinausgeht, muss uns das alles sehr seltsam erscheinen.
Um zu verstehen, warum alles, was uns umgibt, existiert – Menschen, Tiere, Pflanzen, Planeten, das Universum –, müssen wir unser Auge vom Riesiggroßen auf das Winzigkleine lenken. Vom Universum auf die Fliege. Hier befinden wir uns im Reich des sonderbaren Lebens.

Buchstäblich vor unseren Augen liegt eine Welt, die wir nicht sehen können. Und doch hat diese Welt starke Auswirkungen auf unser Leben. Kleinste Teile bewegen sich dort, von uns ungesehen. Viele sind unsere Verbündeten, manche unsere Feinde, und mit anderen können wir friedlich nebeneinander leben. Nur mithilfe eines Mikroskops können wir sie entdecken und dadurch viele Rätsel unseres Lebens lösen.
Meine letzte Linse, die ich für ein solches Mikroskop schliff, ist ein Meisterwerk an Klarheit und Genauigkeit geworden.

Der Rohstoff, aus dem diese edlen Linsen geschaffen wurden, war mir nicht zu teuer, um in eine neue Dimension vorzustoßen.

Crystallo, das edle Soda, wurde aus der Levante oder aus Übersee importiert, ausgelaugt und versotten, bis ein reines Salz entstand. Als Sand habe ich reinen Glassand aus Italien und gebrannten Marmor verwendet. Und die Manganerze habe ich von reisenden Erzsuchern aus Sachsen beschafft.

Als ich es nun nach Tagen des Schleifens vollbracht hatte, entdeckte ich die Fliege, die nun tot auf meinem Tisch lag. Ein willkommenes Objekt,

um es gleich mit der neuen Linse in einem Mikroskop genauer zu betrachten.
Und da sah ich dann Dinge, die so noch keiner gesehen haben mochte.
Ein Vorstoß in eine neue Welt.

Die Flügel sehen aus wie Bäume – eine verzweigte Struktur. Fällt Licht auf diese, entsteht dieser Baum in vielfältigen Farben. Gibt es in der kleinen Welt eine Wiederholung der größeren, nur in anderen Farben?

Erschöpft war ich nach all den Tagen des Schleifens und der neuen Eindrücke, sodass ich durch eine Unachtsamkeit mich verletzte. Doch als ich meine Wunde am Finger versorgte, kam mir die Idee, ein wenig meines Blutes genauer unter dem Mikroskop zu betrachten.

Unser Blut ist keine einheitliche Flüssigkeit, wie wir meinen.
Was ich sah, hat mich erschüttert. Das Blut besteht aus kernlosen, runden Scheiben, die in der Mitte eine Delle erkennen lassen.
Die Linse verschafft uns den Zugang in ein neues Reich.

Ihr Königreich England und das Königreich Niederlande ringen um die Vormacht bei den besten Handelswegen.
Doch müssen wir über die Weltmeere fahren, gar einen Krieg führen, um die Welt zu erobern? Sie liegt doch vor uns!
Als Zeichen, das Reich hinter dem Sichtbaren gemeinsam erobern zu wollen, nehmen Sie mich bitte in die Royal Society auf!

Peter ließ das Blatt sinken. Die Gedanken wirbelten in seinem Kopf wie Laub, das vom heftigen Windstoß eines Herbststurmes getroffen wurde. Erst die Venus, jetzt Blutkörperchen. Was sollte das alles? Natürlich, wenn dieser Brief echt war und es den Grinderman tatsächlich gegeben hatte, war das eine Sensation. Aber im Moment überforderte ihn das alles. Ihm fielen die Augen zu.

***

Als er wieder erwachte, war es halb drei Uhr morgens. Er war quietschfidel und hellwach. Kein Wunder, denn er hatte mindestens sechs Stunden durchgeschlafen. So bedachte er den Jetlag mit einem kräftigen Fluch und richtete sich auf. Fahles Licht von der Straße fiel in sein Zimmer. Ein Windstoß bauschte den orangefarbenen Vorhang auf, der ein bizarres Schattenmuster an die Wand warf. Es schien, als rufe ihn der Schatten hinaus.

Leise trat er ins Freie. Nur ein paar Laternen beleuchteten die Voldersgracht spärlich. Er glaubte einen Schatten an der Straßenecke links verschwinden zu sehen. Er folgte ihm zur Brücke. Der Schatten verschwand in der nächsten Gasse. »De Vlouw« hieß diese, und Peter schüttelte den Kopf. Zwar waren durch die Lektüre der Briefe des Grinderman seine verloren geglaubten Niederländisch-Kenntnisse, die er sich einst im Kunsthistorik-Studium angeeignet hatte, wieder ein wenig aufpoliert worden, doch er musste nun tatsächlich ein wenig nachgrübeln, bis ihm die Bedeutung wieder einfiel: »Die Falte«. Zögernd, tastend trat er zwischen die geduckten zweistöckigen Häuser, die meist aus rotem Backstein errichtet worden waren. Ein Stockwerk höher, mit weiß getünchten Backsteinen, war das Haus der

Brüder Ammerlaan, die hier früher eine Butterhandlung geführt hatten. Das jedenfalls verriet die Inschrift auf grünen Kacheln. Die Zeit des Butterhandels war indes längst vorbei. Ein Zettel an dem metallenen Rolltor verwies darauf, dass hier mit ganz anderen Dingen gehandelt wurde. Peter hatte von den Coffeeshops in Holland gehört, wo man sich ganz legal mit den unterschiedlichsten Cannabis-Produkten eindecken konnte – aber wohl nicht mehr um drei Uhr morgens.

»Ssst, ssst«, hörte Peter hinter sich und erschrak. Er drehte sich um. Vor ihm stand eine etwas heruntergekommene Erscheinung mit strähnigem, schulterlangem Haar. Der Mann trug einen viel zu großen Parka und fragte: »Brauchste Stoff?«

»Danke, sehr freundlich, aber meinen letzten Joint habe ich während meines Studiums geraucht«, entgegnete Peter freundlich, während ihm einfiel, dass seine letzte Begegnung mit bewusstseinserweiternden Substanzen tatsächlich noch gar nicht so lange her war. Doch die Episode in der Toskana, als er auf der Jagd nach einer vermeintlichen Wachsbüste von Leonardo da Vinci war, zählte wohl nicht. Außerdem würde er sie sicher nicht mitten in der Nacht mit einem holländischen Drogendealer erörtern.

»Wer redet denn hier von einem Joint, mein Freund! Es sind doch Farben, die die Fantasie anregen. Schau …« Er zog aus seinem Parka ein Plastiktütchen heraus. Im Schein des fahlen Lampenlichts konnte Peter dennoch erkennen, dass das Tütchen mit blauem Pulver gefüllt war.

»Du fragst dich sicher, was das ist? Blau, welche Droge ist

so blau? Ich will es dir verraten, mein Freund: Es ist Kobalt. Man löst es in Wasser und trägt es dann auf die Leinwand auf.«

»Farbe? Ganz normale Farbe? Sie lauern nachts unbescholtenen Menschen auf, um ihnen Farbe zu verticken?«

Der Fremde begann zu lachen.

»Ich bin, wie soll ich sagen, so eine Art spontaner Fremdenführer – oder ein Erklärer, wenn Sie so wollen. Die Menschen bewundern die Kunst eines van Goghs oder eines Vermeers, eines Rembrandts oder eines Rubens. Doch ich will, dass die Menschen auch verstehen, was hinter dem Kunstwerk steht, sozusagen den Vorhang wegreißen. Nimm dieses Kobalt hier.«

Er hielt Peter das Tütchen unter die Nase.

»Ich verkauf dir dieses Tütchen für zehn Euro. Du kannst es als Farbe anrühren oder als Erinnerungsstück auf deinen Kamin stellen.«

»Zehn Euro? Ist das nicht ein bisschen viel?«

»Oh nein, ich hab es für 5,40 Euro eingekauft. Der Rest ist meine Händlerspanne.«

»Händlerspanne? Aber damals …«, wollte Peter antworten, doch der andere unterbrach ihn.

»Meinst du, es gab damals keine Händler, oder was? Aber ich will dir was erzählen: Kobalt ist selten! Das größte Vorkommen gibt es im Kongo oder in Sambia. Dort sind es häufig Kinder, die es fördern. Die Gruben sind meist in den Händen von Warlords. Und alle kaufen sie bei diesen Warlords, weil es ohne Kobalt keine Handys, keine Fernseher, keine Elektroautos gäbe. Und die Preise bestimmen die Warlords.«

»Aber es gab damals keine Warlords – und erst recht keine Handys oder E-Autos!«

»Schon mal was von Delfter Blau gehört? Oder den berühmten Delfter Kacheln? Delft ist ohne Kobalt gar nicht denkbar. Und denk an die Maler! Vermeer war nicht der Einzige. Sie alle brauchten Kobalt. Nur, woher sollte es kommen? Ich will es dir erklären. Es kam aus dem Schwarzwald, aus einem kleinen Kaff namens Alpirsbach. Für die damaligen Verhältnisse war das so weit weg wie der Kongo heute. Denk daran, wenn du es kaufst, wie schwierig es zu beschaffen war, und bekomme ein Gefühl dafür, was alles notwendig war, damit sich am Ende unsere Augen an einem Meisterwerk erfreuen können.«

»Haben Sie noch mehr solche Farben …?«, fragte Peter zögernd.

»Farben? Ach nein, aber ich habe etwas anderes. Hier …« Er zog zwei andere Tütchen heraus und hielt sie ins Licht. Sie sahen nicht sonderlich spektakulär aus.

»Sand? Sie wollen mir Sand verkaufen? Ist das Ihr Ernst?«

»Hast du es noch nicht bemerkt? Ich verkaufe kein Kobalt und keinen Sand. Ich verkaufe Geschichten. Und das ist kein gewöhnlicher Sand. Das ist Quarzsand aus dem sächsischen Elbtal. Und das hier ist Manganerz, auch aus Sachsen.«

Sachsen? In Peter blitzte eine Erinnerung auf. Hatte nicht der Grinderman von Sachsen geschrieben?

»Delft ist heute nicht nur eine Stadt der Kunst und Kultur, sondern auch eine Stadt der Hochtechnologie. Die Grundlage dafür legten Linsenschleifer wie Antoni van Leeuwenhoek, Erbauer von Mikroskopen und Teleskopen. Sie benötigten diese Zutaten für ihre Geräte, die so unfassbar präzise waren, dass sie fast dreihundert Jahre nicht übertroffen wurden.«

»Nun, ich kenne den Namen Leeuwenhoek natürlich. Aber ich versuche, etwas über einen Linsenschleifer herauszubekommen, der sich selbst als Grinderman bezeichnete.«

Der andere wurde nun schmallippig.

»Grinderman? Nein, den Namen kenne ich nicht. Was ist? Willste nun was kaufen?« Er hielt Peter das Kobalttütchen wieder unter die Nase.

»Na ja, ist vielleicht eine schöne Erinnerung, wenngleich eine ungewöhnliche.«

Er reichte dem Fremden einen Zehn-Euro-Schein. Der schnappte ihn sich, drehte sich um und verschwand. Peter beschloss, ins Hotel zurückzugehen. Vielleicht konnte er nach dieser ungewöhnlichen Begegnung besser schlafen.

***

Tatsächlich war Peter nach seiner lautlosen Rückkehr in den *Fliegenden Fuchs* schnell wieder eingeschlafen, und als er gegen neun erwachte, fühlte er sich erfrischt. Wie sollte es nun weitergehen?, überlegte er. Er recherchierte über sein Tablet und stieß bald auf den Namen Amber de Grouw. Sie arbeitete im Mauritshuis in Den Haag und galt als eine der größten Vermeer-Expertinnen. Vielleicht konnte sie ihm weiterhelfen. Peter wusste nicht so genau, warum, doch er war sich im Grunde ganz sicher, dass der Weg zum Grinderman über Vermeer führen würde. Allerdings war es wohl nicht einfach, bei einer solchen weltbekannten

Kapazität einfach an der Türe zu klopfen. Giovanna musste helfen.

»Peter, sind Sie verrückt, wissen Sie, wie spät es ist?«, hörte er ihre verschlafene Stimme.

»Ja, klar, halb zehn … Oh verflucht, ich hab Sie doch nicht etwa geweckt?«, fragte er sie schuldbewusst.

»Nein, wie denn auch. Ich mach jeden Morgen um halb vier Frühsport«, knurrte sie voller Sarkasmus. »Aber gut, jetzt bin ich wach, was gibt's?«

»Können Sie mir einen Termin bei Amber de Grouw klarmachen?«

»Bei *der* Amber de Grouw? Oh nein, ich weiß, was Sie wollen. Sie sollen etwas über die Echtheit oder Nichtechtheit der Briefe herausbringen und nicht Ihren persönlichen Neigungen in Sachen Jan Vermeer folgen!«

»Giovanna«, sagte Peter beschwörend, »Vermeer wird der Schlüssel zu den Briefen sein, glauben Sie mir.«

»Na gut«, gab sie sich geschlagen, »wenn es der Wahrheitsfindung dient. Ich werde es versuchen. Wann wollen Sie sie treffen?«

»Am liebsten heute Nachmittag oder morgen früh.«

»Peter, Sie sind verrückt, total verrückt, aber ich werde sehen, was ich tun kann. Und jetzt lassen Sie mich weiterschlafen. Ich melde mich dann.«

***

Er packte zusammen und wollte auschecken. In seiner Jackentasche fand er das Tütchen mit dem Kobalt. Dann war das alles in dieser Nacht kein Traum gewesen, schlussfolgerte er. Was sollte er mit dem Tütchen nun anfangen? Ein Andenken aus Delft für Giovanna? Über ein kleines Präsent würde sie sich sicher freuen.

Der Wirt war wie immer sehr gern behilflich: »Nun ja, früher gab es Hunderte von Manufakturen. Jetzt ist nur noch eine einzige übrig geblieben, *De Porceleyne Fles* am Rotterdamseweg. Da gibt es auch ein kleines Museum, in dem Sie alles über das Delfter Blau lernen können.«

»Ist das weit?«

Der Wirt machte eine wegwerfende Handbewegung.

»Zu Fuß sind es 20 Minuten. Es ist ein schöner Spaziergang durch Delft.«

***

Eine halbe Stunde später stand er in dem Museum und ging an den Kacheln entlang. Sie zeigten Windmühlen, Segelschiffe, Landschaften, Blumenornamente und noch mehr Landschaften, noch mehr Segelschiffe und noch mehr Windmühlen. Gerade als er dachte, dass die Idee vielleicht doch nicht so toll war, Giovanna mit einer Delfter Kachel zu beglücken, stutzte er. Auf einer Kachel waren eine Trümmerlandschaft, zerstörte Häuser, Ruinen ... Er war verstört. Schließlich fragte er eine junge Frau, die offenbar hier arbeitete.

»Was zeigt diese Kachel?«, fragte er.

»Oh ja, das ist ein sehr ungewöhnliches Motiv. Haben Sie schon mal etwas vom Delfter Donnerschlag gehört? Am 12. Oktober 1654 explodierte das Pulverhaus. Die halbe

Stadt wurde zerstört. Egbert van der Poel, der ein Kind bei der Explosion verloren hatte, malte 20 Bilder vom verwüsteten Delft. Seinen Werken sind die Darstellungen auf den Kacheln nachempfunden.«

»So eine Kachel hätte ich gerne.«

TULPEN AUS AMSTERDAM

»Sie gehören zu jenen, die das Verborgene und Geheimnisvolle anzieht? Manchmal fasziniert Sie das Spiel von Mysterium und Realität, von Schatten und Licht – die beiden Extreme des Lebens? Die Fragezeichen?« Der Museumsführer redete mit seinen Erläuterungen zu Jan Vermeer auf eine kleine Gruppe von Touristen ein. Auch Peter lauschte seinen Ausführungen.

»Sehen Sie …«, fuhr er fort, »Vermeer lässt sehr vieles in seinen Bildern offen und ungeklärt. Er arbeitet mit Nuancen, mit feinen Abstimmungen, überhaupt mit dem, was man das Atmosphärische nennt, und dadurch verführt er uns als Besucher, einzutreten in diese Atmosphäre. In gewisser Weise entzieht er sich und den Bildern eine Eindeutigkeit und lockt damit unser Vorstellungsvermögen hervor, damit wir bemerken, dass da etwas ungeklärt scheint. Da schaue ich dann entsprechend auch noch einmal gründlicher hin und fange an, in meinem Kopf dieses Bild zu beleben. Und es kann doch eigentlich im Verhältnis von Kunstwerk und Betrachter kaum etwas Besseres geben als diesen Prozess der Imagination?«

Peter musste schmunzeln. Ihm wäre es eigentlich lieber, wenn ihn die imaginäre Welt mal öfter in Ruhe lassen würde.

Während die Gruppe sich langsam entfernte, näherte er sich Peter Vermeers weltbekanntem Gemälde. *Das Mädchen mit dem …*

»Es ist keine Perle.«

Peter zuckte zusammen, als er die Stimme hinter sich hörte. Er hatte die Stimme eines Mannes erwartet. Um genau zu sein, hatte er auf eine seiner ganz speziellen Begegnungen spekuliert. Eine gefühlte Unendlichkeit stand er vor dem 40 mal 45 Zentimeter großen Bild, das eine junge Frau mit blauem Turban und einer Perle am Ohr zeigte. *Das Mädchen mit dem Perlenohrgehänge* war Vermeers berühmtestes Gemälde. Viele Dokumentationen und selbst ein Spielfilm waren gedreht worden, das Werk zierte sogar ein Computerspiel. Wenn ihm der Meister eine Antwort auf den Grinderman geben konnte, dann doch genau hier im Mauritshuis in Den Haag. Doch die Stimme hinter ihm war zwar ein wenig dunkel und rauchig, stammte aber eindeutig von einer Frau. Peter drehte sich um. Sie hatte dichtes Haar voller Locken und eine dazu passende große Brille.

»Sie müssen Peter Falcon sein«, sagte sie und streckte ihm die Hand entgegen. Ihr warmes Lächeln nahm Peter sofort die Befangenheit vor der weltweit geschätzten Vermeer-Koryphäe. Peter nickte, erwiderte den Händedruck, und sie fuhr fort: »Ich bin Amber de Grouw, und Giovanna wollte, dass ich mich ein wenig um Sie kümmere.«

»Oh ja, das ist sehr nett von Ihnen – vielen Dank, dass Sie die Zeit finden, mich zu treffen!«

»Und er hier konnte Ihnen nicht helfen?«, fragte sie und deutete mit dem Kopf auf das Bild.

Peter starrte sie mit großen Augen an.

»Was … Was meinen Sie?«

»Nun, Giovanna hat mit mir über Ihre, sagen wir, ganz besondere Intuition gesprochen. Keine Sorge, Ihr Geheimnis ist bei mir in guten Händen. Aber lassen Sie uns über dieses Meisterwerk reden!«, sagte sie und deutete auf das *Mädchen mit dem Perlenohrgehänge.* »Schauen Sie sich doch die Proportionen an. Die Perle ist fast größer als der Augapfel des Mädchens. Mit so einer riesigen Perle könnten Sie alle Vermeers plus alle Rembrandts dieser Welt kaufen. So große Perlen gibt es nicht – zumindest nicht in den Niederlanden. Vermeer war ein Pedant, von Perspektive und Proportionen hat er was verstanden. Und was Oberflächen betrifft, war er unübertroffen. Das Mädchen trägt eine Metallkugel, vielleicht aus Silber. Sehen Sie die Reflektionen? Wenn Sie es genauer ansehen, hat er die mit einem einzigen weißen tropfenförmigen Fleck erzeugt. Bei einer Perle wäre die Reflektion ein wenig matter, der Fleck wäre also nicht weiß, sondern eine Spur grauer.«

»Dann ist der Name also falsch?«

»Definitiv, aber dafür kann Vermeer ja nichts. Ursprünglich trug das Bild den Namen *Das Mädchen mit dem Turban*. Im Volksmund wurde irgendwann *Das Mädchen mit der Perle* daraus, und spätestens seit dem 19. Jahrhundert spricht man von dem *Mädchen mit dem Perlenohrgehänge*. Aber da ich Ihnen das alles erzählen muss, schließe ich daraus, dass Sie dem Meister nicht persönlich begegnet sind.«

Peter räusperte sich. Die Wendung des Gesprächs war ihm unangenehm.

»Bitte entschuldigen Sie, aber ich spreche nicht gerne darüber. Die meisten Menschen halten meine Gabe für Unfug.

Manche denken, ich bin eine Art Geisterjäger – oder einfach nur ein Spinner.«

Amber de Grouw lachte.

»Ja, das kann ich mir gut vorstellen. Aber seien Sie beruhigt, ich gehöre nicht dazu.«

»Sie glauben daran?«

»Oh nein, ich bin Wissenschaftlerin und glaube nur an das, was ich sehe. Aber wenn ich an ein paar der allgemein bekannten Voodoo-Praktiken denke …«

»Sie glauben an Voodoo?«, fragte Peter konsterniert. Sie schüttelte nachsichtig den Kopf.

»Nein, aber ich gebe Ihnen ein Beispiel. Sie wissen doch, was Voodoo-Puppen sind?«

»Diese eklige Geschichte mit den Nadeln?«

»Genau. Wenn ich jetzt heute Abend so eine Puppe von Ihnen basteln würde, diese dann mit Nadeln traktieren würde und Sie wüssten nichts davon, würden Sie unbeschwert weiterleben. Wüssten Sie allerdings Bescheid, würden Sie vielleicht bei jedem Zipperlein darüber nachdenken, ob das vielleicht nicht doch etwas mit der Puppe zu tun hätte.«

»Und Sie meinen, bei mir ist das auch so?«, fragte er misstrauisch.

»Wie ich höre, waren Sie einst ein hochveranlagter Kunsthistoriker. Wenn Sie sich nun intensiv auf ein Bild konzentrieren, fallen Sie vielleicht in eine Art Trance, in der längst verschüttetes Wissen wieder zum Vorschein kommt.«

Peter seufzte und meinte nur: »Ach, wenn Sie wüssten.«

»Nun ja, ich muss eines einräumen: Bei Voodoo lässt sich auch für mich nicht immer alles wissenschaftlich erklären. Ich versuche es auch nicht. Nun aber Schluss mit Voodoo und Geisterjägerei, Sie wollten sich mit mir über irgendwelche Briefe und einen Grinderman unterhalten«, meinte sie freundlich.

Peter fasste seine Recherchen zusammen, und Amber hörte gespannt zu. Schließlich sagte sie: »Ich verstehe nun auch, warum Sie Vermeer für den Schlüssel zum Geheimnis Grinderman halten. Giovanna glaubt ja, dass Sie damit nur Ihre Zeit vergeuden, aber ich glaube, Sie haben recht. Lassen Sie uns weitergehen zur *Stadtansicht von Delft*. Hier kann ich Ihnen einiges erklären, was Ihnen vielleicht weiterhilft.«

Sie führte ihn zu dem etwa einen Quadratmeter großen Gemälde, auf dem Peter sogleich die Türme erkannte, die er tags zuvor noch in natura gesehen hatte.

»Verzeihen Sie, jetzt gibt es einen längeren Vortrag. Einiges davon dürfte Ihnen bekannt sein: Vermeer hat uns 37 Werke hinterlassen, von denen 35 Szenen in Innenräumen zeigen. Dann gibt es noch die Straßenansicht und eben dieses Stadtpanorama – und es ist das einzige Bild von ihm, das man im weiteren Sinne als Landschaftsmalerei einordnen könnte. Es ist so exakt, dass wir hier davon ausgehen können, dass eine Camera obscura im Spiel gewesen sein könnte. Allerdings, wenn Sie ein Foto von der gleichen Stelle machen, stimmt die Entfernung der beiden Türme nicht ganz genau überein. Aber viel besagt es nicht. Vielleicht benutzte Vermeer die Camera obscura nur, um sich eine Skizze zu machen, die später als Vorlage diente. Wir wissen es nicht. Es sind keine Skizzen von ihm überliefert. Entscheidend ist aber bei diesem Gemälde etwas anderes. Es ist ja die radikal unterschiedliche Technik und Farbgebung, die das Bild so fotorealistisch und einzigartig macht. Wir dürfen nämlich eines nicht vergessen: Die Maler in jener Zeit konnten nicht einfach in ein Fachgeschäft gehen, wo sie jeden erdenklichen Farbton in der Tube fertig gemischt bekamen – sie waren nicht nur Künstler, sondern auch Wissenschaftler.«

Ja, die Kunst und die Wissenschaft, die waren mal ein Liebespaar, erinnerte sich Peter an seinen letzten Fall, der ihn auf die Route der Renaissance brachte. Und als ob sie seine Gedanken lesen könnte, fuhr Amber de Grouw fort: »Die Maler mussten sich ihre Farben häufig selbst erst herstellen, immer und immer wieder experimentieren. Sie wissen sicher, dass Michelangelo für die Fresken in der Sixtinischen Kapelle völlig neue Techniken erfinden musste, um das Werk zu vollenden. Ganz ähnlich sehe ich Vermeer. Er sah in seinem Nachbarn Antoni van Leeuwenhoek sicher einen verwandten Geist. Die Bilder *Der Astronom* und *Der Geograph* zeigen jeweils die gleiche Person. Sie kennen sicher die Theorie, dass diese beiden Bilder Leeuwenhoek darstellen. Die Sache hat nur einen Haken: Die Porträts, die Jan Verkolje von ihm gemalt hat, zeigen eine ganz andere Person. Aber vielleicht sind die Bilder einfach eine Hommage an den berühmten Nachbarn. Das bedeutet aber nicht zwangsläufig, dass zwischen beiden eine große Freundschaft bestand. Leeuwenhoek galt gelinde gesagt als etwas exzentrisch. Er war eigenbrötlerisch und schon fast paranoid. Er ließ kaum jemanden in sein Haus, es sei denn, es kündigten sich Gäste an, wie etwa Zar Peter von Russland, der ihn in seiner Werkstatt besucht hat. Möglicherweise war Vermeer einfach nicht seine Kragenweite. Aber auch das wissen wir nicht. Wovon wir jedoch ausgehen können, ist, dass der Grinderman und

Leeuwenhoek nicht identisch sind. Leeuwenhoek war zwar tatsächlich korrespondierendes Mitglied der Royal Society, wurde es aber deutlich später – und die Initiative ging von London aus. Noch ein anderer Punkt ist entscheidend: Wir wissen sehr viel über Leeuwenhoeks Mikroskope, aber nichts über Teleskope. Das Sensationelle an den Briefen ist, dass der Grinderman die roten Blutkörperchen – sofern die Briefe echt sind – 20 Jahre vor Leeuwenhoek entdeckt hat. Und noch etwas ist mir aufgefallen: Antoni van Leeuwenhoek hat Delft mit acht Jahren verlassen und kam erst 1654 zurück. Für Delft war das ein bedeutsames Jahr. Haben Sie schon vom Delfter Donnerschlag gehört? Ein Jahr zuvor wurde Vermeer in die St. Lukas-Gilde aufgenommen. Ab da durfte er sich offiziell als Maler bezeichnen und zum Beispiel Aufträge annehmen. Das erste Bild, das Vermeer zugeschrieben wird, wird ebenfalls aus 1654 datiert. Sie sehen, wo das Problem liegt? Wenn Sie die Echtheit der Briefe über Vermeer herleiten wollen, scheint das Zeitfenster sehr eng zu sein. Um es mal brutal zu sagen: Sollte Vermeer tatsächlich optische Hilfsmittel verwendet haben, muss er sich die also vor dem Sommer 1654 beschafft haben, wenn sie von diesem Grinderman oder zumindest unbestreitbar nicht von Leeuwenhoek gekommen sind. Da haben Sie sich ja etwas vorgenommen.«

Peter blähte die Wangen und pustete hörbar wieder aus.

»Den Eindruck habe ich auch. Vielleicht hat Giovanna recht und ich habe mich verrannt.«

Sie schüttelte so heftig den Kopf, dass ihre Locken flogen.

»Manchmal sind es ja gerade die unglaublichsten Theorien, die sich am Ende als richtig erweisen. Ich würde mich jedenfalls freuen, wenn wir ein wenig mehr Licht in das große Geheimnis um Vermeer bringen könnten.«

Sie schnippte mit dem Finger.

»Wissen Sie was? Vielleicht müssen Sie nur einen Schritt zurückgehen, um eine neue Perspektive zu finden. Vergessen Sie mal für eine kurze Zeit Vermeer. Pusten Sie Ihr Gehirn durch.«

»Und wie stellen Sie sich das vor?«

»Ich begleite Sie jetzt noch zu Rembrandt, und Sie vertiefen sich einfach mal in den. Wenn Sie sich dann wieder mit Vermeer beschäftigen, sieht die Welt vielleicht ganz anders aus.«

»Hm, einen Versuch wäre es wert«, brummte Peter.

Sie führte ihn durch die Hallen. Schon von Weitem deutete sie auf ein weltbekanntes Gemälde: »Wie wäre es mit einem frühen Rembrandt? Hier, *Die Anatomie des Dr. Tulp*, das ist von 1632. Das ist das Geburtsjahr von Jan Vermeer. Das heißt, er wird Ihnen jetzt erst mal nicht mehr in die Quere kommen. Ich muss mich entschuldigen, mein nächster Termin wartet sicher schon.«

Sie wandte sich ab, drehte sich noch einmal um und verschwand in der Menge.

Die Anatomie des Dr. Tulp hatte nur noch eine einzige andere Besucherin angezogen, die gebannt auf das Gemälde einer Leichenöffnung starrte, ein Sujet, das zu seiner Zeit ebenso fasziniert wie irritiert haben mochte.

Natürlich kannte er das Bild. Allerdings sah er es zum ersten Mal im Original. Häufig wundert sich der Betrachter, wenn er ein Originalbild sieht, wie klein es ist. Von der *Anatomie des Dr. Tulp* konnte Peter das nicht gerade behaupten. Es war fast mannshoch und über zwei Meter breit. Die acht Figuren schienen fast lebensgroß – obwohl, eigentlich waren es ja neun. Doch der Nackte in der Mitte, der zählte nicht. Zum einen war er nicht so honorig wie die anderen, sondern ein Schwerverbrecher, und zum anderen war er tot. Doktor Tulp hatte gerade seinen linken Unterarm freigelegt und hob mit einer Schere einen Muskel an. Tulp trug einen Spitzbart, einen großen schwarzen Hut und einen kleinen weißen Kragen, die anderen die großen runden weißen und gefalteten Kragen, wie sie im 17. Jahrhundert üblich waren. Sie waren barhäuptig und verfolgten die Ausführungen des berühmten Arztes mehr oder weniger aufmerksam. Mindestens einer schaute aber nicht auf Tulp, sondern dem Maler direkt ins Gesicht. Peter erinnerte das an einen Dokumentarfilmer, der den Laien immer wieder sagte: »Nicht in die Kamera schauen« – und natürlich schaute dann immer einer genau in die Linse.

»Interessieren Sie sich auch für Rembrandt?«, fragte die Frau neben ihm.

»Wer nicht?«, gab Peter höflich, aber ausweichend zurück. Im Grunde hatte er jetzt keine Lust auf eine Kunstunterhaltung.

»Sie haben es wohl mehr mit Vermeer?«, fragte die Unbekannte.

Peter musterte sie. Sie mochte Mitte vierzig sein, war sportlich, etwa so groß wie er und hatte ihr dunkelblondes Haar streng zu einem Zopf zurückgebunden. Die Stimme verriet die Amerikanerin.

»Wie kommen Sie darauf?«

»Ich sah Sie bei dem *Mädchen mit dem Perlenohrgehänge.*«

»Bin ich so auffällig?«, fragte er verdutzt. Sie lachte. Es war ein freundliches, warmes Lachen.

»Wer sich so lange und intensiv mit Amber unterhält, der fällt alleine deshalb schon auf.«

»Sie kennen Amber de Grouw?«, fragte Peter überrascht.

»Leider nicht persönlich. Aber immerhin ist sie eine der größten Kunsthistorikerinnen unserer Zeit.«

»Sie meinte, ich soll mich mit Rembrandt von Vermeer ablenken«, gab Peter zu.

»Gute Idee«, sagte die Fremde und streckte ihm die Hand entgegen. »Suzanne Tulip aus San Francisco. Und Sie?«

Er reichte ihr die Hand.

»Peter Falcon aus New York. Ist doch ein netter Zufall. Ich lerne eine Frau Tulip kennen, die vor dem Porträt von Dr. Tulp steht.«

»So groß ist der Zufall dann auch nicht. Ich bin eine Nachfahrin jenes Dr. Tulp. Mein Ururururgroßvater wanderte etwa 1850 in die USA aus. Ich bin selbst sehr kunstinteressiert. Umso schöner ist es, wenn man gleichzeitig ein wenig Ahnenforschung betreiben kann.«

»Und was haben Sie über Ihre Familie bislang herausgefunden?«, fragte Peter mit frisch erwachtem Interesse.

»Zum Beispiel, dass er ursprünglich gar nicht Tulp hieß. Sein richtiger Name war Claes Pieterszoon, also Peters Sohn. Allerdings gab es zu jener Zeit noch keine richtigen Nachnamen. Es war üblich, als Nachname den Vornamen des Vaters zu nutzen. Man nennt das Patronym. Das ist gar nicht so unüblich – denken Sie an Russland, an Island oder an arabische Länder. In Friesland wurde der Familienname erst im 19. Jahrhundert gesetzlich eingeführt.«

»Und wie wurde aus Pieterszoon Dr. Tulp?«, wollte Peter wissen.

»Nach seiner Promotion zog er mit seiner Frau in die Keizersgracht. An diesem Haus war das Bild einer Tulpe angebracht. Er verwendete nun diese Blume als einen Nachnamen, und die Tulpe selbst wurde Bestandteil des Familienwappens.«

»Ach ja, die berühmten holländischen Tulpen. Die haben doch auch Rembrandt in den Ruin getrieben.«

Sie lachte.

»Oh nein. Dieses unausrottbare Gerücht wird seit Jahrhunderten weiterverbreitet. Die große Tulpenmanie, die Holland ins Elend stürzte!«

»Etwa nicht?«

»Bestimmt nicht!«

»Aber was ist mit dieser ganzen Geschichte von den Tulpenzwiebeln, die für wahnwitzige Preise verkauft wurden?«

»Das ist alles richtig. Aber Sie dürfen eines nicht vergessen: Es waren nur ein paar Hundert Menschen, die dem Tulpenfieber verfallen sind. Zwischen 1636 und 1637 explodierten die Preise für Tulpenzwiebeln in der Tat. Am Ende hätte man für eine Zwiebel ein Herrenhaus an einer Gracht kaufen können. Und dann platzte die Blase.«

»Aber ...?«, fragte Peter ratlos.

»Die Tulpenmanie ist deshalb so bekannt, weil sie als erste klassische Wirtschaftsblase der Neuzeit gilt. Es wurde viel in sie hineininterpretiert – und es wurden viele Legenden um sie gestrickt, einschließlich des Bankrotts von Rembrandt. Tatsächlich hatte Rembrandt gegen Ende seines Lebens große finanzielle Probleme, aber die hatten mit einem Unterhaltsprozess zu tun und nichts mit Tulpenzwiebeln.«

»Ah, ja. Ich danke Ihnen, dass Sie diese Wissenslücke geschlossen haben.«

»Und Sie? Sie interessieren sich also auch für Kunst?«

»Ja, zwangsläufig.«

Sie stutzte.

»Wie kann man sich denn *zwangsläufig* mit Kunst beschäftigen? Kunst erfordert doch Leidenschaft.«

»Ihnen ist schon klar, dass im Wort *Leidenschaft* auch das Wort *Leiden* steckt?«

»Sie leiden an der Kunst?«

Peter seufzte schwer.

»Wenn man so will – ja.«

»Jetzt haben Sie mich neugierig gemacht. Kunst sollte ein Quell der Freude sein und nicht des Leidens. Was machen Sie beruflich?«

»Ich verkaufe Comics.«

»Sie tun ... was?«

»Ich verkaufe Comics. Und ich habe in meinem Laden auch noch eine kleine Abteilung für Schallplatten. Natürlich Vinyl, aber es sind auch ein paar Schellack-Schätze darunter.«

»Und davon kann man leben?«

»Nein.«

Sie legte den Kopf ein wenig zurück und musterte Peter von den Schuhen bis zum Scheitel.

»Verraten Sie mir, wie ein prekärer Comicverkäufer aus New York zu einem privaten Gespräch mit Amber de Grouw kommt?«

»Das ist eine längere Geschichte.«

»Meinen Sie, ich könnte Sie mit einem Kaffee bestechen? Ich lade Sie in die Brasserie gegenüber ein.«

Peter, der von der Frau und ihrem lockeren, unbefangenen Auftreten völlig eingenommen war, meinte nur: »Warum nicht?«

***

Die Brasserie war im Erdgeschoss eines wuchtigen Klinkerbaus gegenüber dem Mauritshuis untergebracht. Peter und Suzanne Tulip setzten sich an einen der kleinen grauen Tische auf dem Bürgersteig.

»Ihr Vorfahr war Bürgermeister von Amsterdam?«, brachte Peter das Gespräch wieder in Gang. Diese Tatsache war eine der wenigen, die ihm über dieses Gemälde noch im Gedächtnis geblieben war. Er hatte es als kurios empfunden, dass ein hochangesehener Arzt zum Bürgermeister der größten holländischen Stadt gewählt worden war. Suzanne nickte heftig.

»Ja, das stimmt. Wissen Sie, es ist schon ein wenig komisch, mit jemandem verwandt zu sein, dessen Porträt im Mauritshuis hängt. Stellen Sie sich vor, Ihre Urururgroßmutter wäre die Gioconda gewesen.«

Peter lachte.

»Nein, ich stelle mir das nicht besonders lustig vor. Vor allem, weil man so viele Urs vor die Großmutter hängen müsste, um das Verhältnis sinnvoll zu erklären.«

Sie erwiderte das Lachen.

»Immerhin hat das dazu geführt, dass ich mich mit den

alten Meistern des Goldenen Zeitalters beschäftigt habe und da ganz besonders – natürlich – mit Rembrandt van Rijn. Und die *Anatomie* ist mir logischerweise ganz besonders wichtig. Es war ja keine Auftragsarbeit! Rembrandt war damals noch ganz jung und versuchte, Kunden zu gewinnen. Frech, wie er war, ging er zu so einer anatomischen Zirkusveranstaltung. Sie müssen wissen, das Bild ist nicht etwa in einem Hospital oder dem Hörsaal einer Universität entstanden. Es gab damals öffentliche Sektionen in eigens dafür eingerichteten Theatern, manchmal aber sogar in Wirtshäusern. Wer zuschauen wollte, musste Eintritt bezahlen. Es gab Musik und Snacks, und es herrschte eine Atmosphäre wie auf einem Jahrmarkt. Na ja, das passte ja zu Rembrandt. Er war ein sehr sinnenfroher Mensch …«

»Und? Wie ging es danach weiter?«

»Geschadet hat es ihm ganz und gar nicht. Nicolaes Tulp kaufte das Gemälde jedenfalls, weshalb es heute als Auftragsarbeit gilt. Und in Amsterdam erreichte Rembrandt damit seinen endgültigen Durchbruch.«

»Das ist spannend, haben Sie Kunstgeschichte studiert?«

»Nein, Medizin. Das liegt in der Familie. Mein Vater war auch Mediziner. Radiologe. Und Sie, haben Sie studiert?«

Peter senkte den Kopf.

»Ja, Kunstgeschichte. Übrigens, was mich an der *Anatomie* schon immer fasziniert hat: Rembrandt war ja nun wirklich für sein genaues Arbeiten bekannt. Aber ist Ihnen das auch schon aufgefallen? Anatomisch stimmt da was nicht: Der *Musculus flexor digitorum superficialis*, den Dr. Tulp anhebt, müsste eigentlich an der Innenseite des Ellenbogens ansetzen, das tut er aber nicht.«

Sie starrte ihn verwundert an und wurde rot.

»Das ist jetzt nicht wahr? Ich glaube, ich habe mich gerade ganz schön zum Affen gemacht. Sie haben das alles gewusst, was ich Ihnen erzählt habe?«

»Ach Suzanne, das ist so lange her, und ehrlich, ein paar Sachen waren für mich völlig neu. Gerade die letzte Geschichte, dass die *Anatomie* gar keine Auftragsarbeit war, das finde ich schon sehr spannend. Und ich muss mich entschuldigen, ich hätte es Ihnen eher sagen müssen.«

»Gibt es noch etwas, was Sie mir verheimlichen?«

»Na ja, ich werde hier die Rechnung für uns übernehmen.«

»Nein!«, rief sie entrüstet aus. »Ich habe doch gesagt, ich lade Sie ein.«

»Da gingen Sie aber noch davon aus, dass ich ein Comicverkäufer in prekären Verhältnissen sei.«

»Sie sind kein Comicverkäufer?«, fragte sie fast enttäuscht.

»Doch, doch, aber das mit *prekär* war ein wenig übertrieben.«

»Ihr Laden läuft so gut?«

»Nicht die Spur. Aber ich verdiene mir noch etwas dazu.«

»Sie haben einen Nebenjob? Fahren Sie Pizza aus?«

Peter lachte.

»Nein, ich arbeite für Chroseby.«

»Das große Auktionshaus? Wow. Und was tun Sie da?«

»Nun ja, ich bin ... Sie dürfen jetzt aber nicht lachen! Ich bin so eine Art Bildflüsterer.«

»Ein *was*?«, fragte sie entgeistert.

»Ich weiß auch nicht, wie ich das besser erklären könnte. Also manchmal, nicht immer, nur manchmal stehe ich vor einem Bild und falle hinein, also in das Bild. Ich steh dann mitten in der Szene, und wenn ich Glück habe, begegne ich auch dem Künstler.«

»Das ist … Ja, das ist …« Sie rang um Worte, um schließlich ein etwas flügellahmes »erstaunlich« anzufügen.

»Es ist übrigens nicht so einfach, wie Sie glauben. Manchmal passieren ganz merkwürdige Dinge. Ich stand zum Beispiel eines Tages vor der Mona Lisa und fiel in Trance. Statt in der Toscana fand ich mich in einem Gerichtssaal wieder, und ich traf auch nicht auf Leonardo da Vinci, sondern auf Pablo Picasso.«

»Ich verstehe das nicht? Was hat das eine mit dem anderen zu tun?«

»Nachdem die Mona Lisa 1911 aus dem Louvre gestohlen wurde, gerieten Picasso und sein Freund Guillaume Apollinaire unter Verdacht. Vor Gericht hatte Picasso seinen Freund ziemlich hängen lassen. Mir war das im Detail damals alles gar nicht so bekannt, doch als ich dann meine Vision mit den bekannten Fakten verglich, waren beide ziemlich identisch.«

»Das ist ja faszinierend. Und an was arbeiten Sie jetzt? Ein neuer Fall, oder? Sonst hätten Sie kaum mit Amber de Grouw gesprochen. Und der Fall hat etwas mit Jan Vermeer zu tun? Sehen Sie, ich bin gut im Kombinieren. Vielleicht kann ich Ihnen ja helfen?«

»Ich muss ehrlich sagen, ich wüsste nicht genau, wie.«

»Vielleicht sagen Sie mir erst einmal, worum es geht?«

»Das würde ich ja gerne tun, aber ich darf leider nicht, wie Sie sich bestimmt denken können.«

Suzanne zuckte mit den Schultern.

»Dann werde ich mich weiter durchkombinieren müssen.

Ich nehme mal an, dass Ihnen Amber de Grouw nicht richtig weiterhelfen konnte.«

»Hm«, brummte Peter ins Ungefähre und wackelte mit dem Kopf.

»Jedenfalls sind Ihre Karten hier in Holland nun ziemlich ausgereizt.«

»Und wenn dem so wäre?«

»Würden Sie in den nächsten Tagen nach Dresden reisen.«

»Wieso nach Dresden?«, fragte Peter völlig verdutzt. Suzanne schaute ihn enttäuscht an. Sie atmete tief.

»Weil Dresden eine schöne Stadt ist, weil dort einer der bekanntesten Vermeers hängt, und weil ... Ach, verflucht. Geben Sie in Ihrem Smartphone einfach ›Dresden‹ und ›Vermeer‹ ein.«

Peter folgte ihrem Rat. Die ersten Ergebnisse erschienen auf dem Display, und Peter riss die Augen auf. Die große Vermeer-Ausstellung, die Kanzlerin wurde erwartet. Niemals zuvor gab es so viele Vermeers an einer Stelle zu sehen. Peter rieb sich mit dem Zeigefinger über die Nasenwurzel. Suzanne hatte völlig recht! Natürlich musste er nach Dresden. Wenn so viele Vermeers auf einem Platz versammelt waren, waren mit Sicherheit auch genauso viele Vermeer-Experten zu finden, denen er seine Theorien erörtern könnte – und die ihm vielleicht den Weg zum Grinderman ebnen würden.

»Und nun?«, fragte Suzanne erwartungsvoll.

»Sie haben völlig recht, Suzanne, ich muss so schnell wie möglich nach Dresden.«

»Da haben Sie aber ein Glück. Raten Sie mal, wohin ich von hier aus fahren werde«, meinte sie lachend. »Glauben

Sie im Ernst, dass ich mir die größte Vermeer-Ausstellung aller Zeiten entgehen lasse? Um gar keinen Preis.«

»Wie kommen Sie denn dahin? Ich hoffe, nicht mit dem Flugzeug?«

»Nein, es gibt einen sehr bequemen Nachtzug. Der fährt morgen Abend von Amsterdam aus los.«

Peter grübelte. Einfach nur nach Dresden zu fahren, war noch kein richtiger Plan. Er musste zu der Eröffnungsveranstaltung – und da gab es nur eine Person, die ihm weiterhelfen konnte. Er schaute Suzanne an und dachte, dass sie es eigentlich verdient hätte, dabei zu sein. Aber wie sollte er es Giovanna klar machen, dass er in weiblicher Begleitung die Eröffnungsveranstaltung einer der bedeutendsten Europäischen Kunstausstellungen in diesem Jahrhundert besuchen wollte?

NACHTZUG NACH DRESDEN

»Ist das der berühmte Orient-Express?«, fragte er staunend, als sie auf dem Bahnsteig in Amsterdam standen. Suzanne schüttelte lachend den Kopf. Peter war fasziniert von den dunkelblauen Wagen, die wie aus der Zeit gefallen wirkten.

»Nein, der fuhr von London über Paris nach Wien. Aber die Europäer sind clever, sie wollen, dass wir dummen Amerikaner das glauben. Solche Züge sind hier seit einiger Zeit Mode. Hat wohl etwas mit Nostalgie und natürlich mit Tourismus zu tun.«

Sie stiegen in den Wagen und fanden schnell ihr Abteil. Peter öffnete die Tür einen kleinen Spalt, lugte hinein und drehte sich dann überrascht um.

»Nobel, nobel«, meinte er, »wenn auch ein wenig antik.«

Suzanne schob ihn in das Abteil.

»Unten oder oben?«, fragte sie mit einem schiefen Grinsen.

»Na, na, na«, erwiderte Peter frech.

»Also bitte!«, rief sie mit gespielter Empörung. »Ich meinte, willst du das obere oder das untere Bett?«

Peter riss die Augen auf.

»Tatsächlich?«

Suzanne schnappte sich ein Kissen aus der unteren Koje und schlug es Peter über den Kopf.

Der Zug ruckte und fuhr an.

»Was hältst du davon: Du gehst in den Speisewagen, holst eine Flasche Rotwein, und die leeren wir zusammen, bevor wir zu Bett gehen?«, meinte Suzanne.

»Exzellente Idee.«

Er verließ das Abteil und machte sich auf die Suche. Der gestrige Tag hatte sich so ganz anders entwickelt, als er es sich vorgestellt hatte. Der Grinderman, Vermeer und sein ganzer Auftrag schienen plötzlich meilenweit entfernt. Irgendwo in seinem Hinterkopf spürte er den Hauch eines schlechten Gewissens, den er aber schnell ignorierte. Die Schmetterlinge in seinem Bauch waren da sehr hilfreich. Er erwarb eine sündhaft teure Flasche Bordeaux.

Als er wieder in das Schlafwagenabteil zurückkehrte, hatte Suzanne das Fenster einen Spalt heruntergezogen. Sie stand davor, las etwas auf ihrem Handy, und der Wind blähte den Vorhang neben ihr auf. Wieder einmal eine echte Vermeer-Perspektive. Peter blieb stehen und betrachtete sie einen Moment. Sie bemerkte ihn zunächst nicht, und Peter wünschte sich, dass dieser Augenblick eine Ewigkeit dauern würde. Dann drehte sie den Kopf.

»Alles in Ordnung?«

»Aber ja«, entgegnete Peter, »alles bestens. So, wie du da am Fenster stehst, hast du mich an etwas erinnert.«

»So? An was?«

»Was glaubst du wohl? Fenster, Brief, lesen, Mädchen.«

Sie schaute ihn seltsam an. Dann nickte sie nur. Peter klappte das Tischchen unter dem Fenster auf, stellte die beiden Weingläser darauf und schenkte ein. Er hob sein Glas und stieß mit ihr an.

»Auf unsere Reise nach Dresden«, sagte er feierlich, doch Suzanne trank nur geistesabwesend das Glas mit einem Zug aus.

»Darf ich noch eines haben, bitte?«

»Natürlich, aber … Ist etwas passiert?«, fragte er beunruhigt.

Das zweite Glas ließ sie langsamer angehen, dann setzte sie sich auf die Bettkante. Sie seufzte tief.

»Ich muss dir etwas sagen, Peter. Ich war nicht ganz aufrichtig zu dir.«

Peters Herz begann schneller zu schlagen.

»Was es auch ist, du kannst es mir sagen«, behauptete er tapfer.

Sie atmete schwer.

»Es geht mir nicht nur um die Ausstellung … Also ja, das schon auch, aber ich habe einen viel wichtigeren Grund, nach Dresden zu fahren.«

»Wenn du das Grüne Gewölbe ausräumen willst, kommst du ein wenig zu spät«, versuchte er zu scherzen.

»Nein, es geht nicht um so etwas. Ich suche nach jemandem.«

»Und was ist daran so schlimm?«

»Eigentlich nichts, aber es ist etwas, das mich stark berührt. Mein Vater ist vor wenigen Monaten gestorben. An meine Mutter kann ich mich nicht mehr erinnern. Sie starb, als ich zwei Jahre alt war. Mein Vater hatte sich kurz nach ihrem Tod in eine andere Frau verliebt, und in einer anderen, einer besseren Welt, wäre sie vielleicht meine Stiefmutter geworden. Aber die Zeiten wollten es anders.«

»Ich verstehe das nicht so ganz.«

»Nun ja, sie kam aus der DDR.«

»Oh, dein Vater hatte sie also bei einer Reise in die DDR kennengelernt. Und es gelang ihm nicht, sie mit in die Staaten zu nehmen?«

»Nein, nein, es war umgekehrt. Christina war damals in den USA.«

»Sie war Sportlerin?«

»Nein, sie war Kunsthistorikerin in Dresden, ach, es ist eine komplizierte und lange Geschichte. Und ich will dich nicht damit langweilen.«

»Aber warum ist sie nicht in den USA geblieben?«

»Sie hätte ihr geliebtes Dresden doch nie verlassen – und die Kunst, die sie umgeben hat. Nein, das konnte sie nicht.«

»Und warum willst du sie jetzt treffen?«

»Mein Vater und sie haben sich Briefe geschrieben. Das war natürlich alles nicht ganz einfach. Er war ja der Klassenfeind, und die Stasi hatte jeden Brief mitgelesen. Sie mussten sich also sehr vorsichtig ausdrücken, vieles irgendwie codieren. Und dann, eines Tages, kam keine Antwort mehr von ihr, nichts, wie abgeschnitten. Vater vermutete immer die Stasi dahinter.«

»Aber als die Mauer gefallen ist, hat er da nicht …«

Suzanne winkte ab.

»Ein halbes Jahr vorher hat er wieder geheiratet. Eine schreckliche Frau, das sage ich dir. Da war überhaupt nicht daran zu denken, dass er noch einmal versuchen konnte, Kontakt zu Christina aufzunehmen, auch und schon gar nicht nach dem Fall der Mauer. Sie hat es ihrerseits allerdings auch nie probiert. Vater wurde langsam krank, und als seine Angetraute merkte, dass sie in den nächsten Jahren einen schwerkranken Mann pflegen müsste, hat sie sich sehr schnell aus dem Staub gemacht. Ich habe Vater so oft beschworen, nach Christina zu suchen, doch er lehnte immer wieder ab. Er schämte sich, glaubte, sie im Stich gelassen zu haben. Und nun ist er tot, und deshalb suche ich sie. Irgendjemand muss es ihr doch sagen, oder?«

Sie schlug die Hände vors Gesicht und begann zu weinen. Peter stand betroffen da. Er stellte das Glas ab, setzte sich neben sie und legte ihr den Arm um die Schultern. Obwohl er sein Möglichstes tat, um das Thema zu wechseln und Suzanne aufzumuntern, blieb sie einsilbig und niedergeschlagen. Als die Flasche leer war, ging jeder in sein eigenes Bett.

***

Der Zug lief morgens im Hauptbahnhof in Dresden ein. Suzanne bemühte sich um Normalität, doch sie wirkte noch immer traurig. Er hatte angeboten, zwei Zimmer zu buchen, sie hatte dankbar angenommen, und so suchte Peter nach dem Besten, was er finden konnte. Das Grand Hotel Taschenbergpalais schien ihm gerade richtig.

»Du wirst sehen, es wird dir gefallen. Zum Zwinger und in die Gemäldegalerie Alte Meister musst du nur über die Straße gehen. Zur Semperoper kann man sehen, und auf der anderen Seite sind die Staatliche Kunstsammlung und das Grüne Gewölbe. Also besser können wir es nicht erwischen.«

»Ja, vielen Dank, das ist lieb.«

Er rief ein Taxi, und sie fuhren zu dem prächtigen Hotel. Ihre Zimmer lagen nebeneinander.

Er ließ ihr etwa 20 Minuten Zeit und klopfte dann an ihrer Tür. Sie rief: »Herein!«

Peter trat ein. Sie saß auf dem Bett, daneben der noch geschlossene Koffer. Suzanne starrte ins Leere. Sie hatte sich nicht umgezogen, nicht eingerichtet, saß offenbar seit ihrer Ankunft einfach nur dort.

»Ich kann später wiederkommen.«

»Nein, nein«, lehnte sie ab. »Ich war nur in Gedanken. Jetzt ist es endlich so weit … Ich muss sie suchen. Ich muss Christina finden.«

Zum ersten Mal seit dem missglückten Toast im Schlafwagen schien sie wieder ein wenig gelöster zu sein.

»Weißt du schon, wo du anfangen kannst?«

Sie nickte und kramte einen Zettel heraus.

»Hier, das ist die letzte Adresse, die ich habe. Ich weiß nicht, ob sie da noch wohnt – und ob sie überhaupt noch lebt. Ich fürchte mich so davor …«

»Ich kann das verstehen. Was, wenn ich dich begleite? Geht es dann besser?«

»Ach Peter, wir kennen uns jetzt gerade mal zwei Tage, ich kann doch nicht verlangen, dass du …«

»Hey, hey«, unterbrach er. »Offensichtlich hab ich da gestern etwas ausgelöst, an dem du heute noch zu kauen hast. Also lass es mich wiedergutmachen. Ein bisschen wenigstens.«

Peter bestellte ein Taxi. Sie fuhren in Richtung Westen nach Gorbitz, einem Stadtteil, der fast ausschließlich aus Plattenbauten bestand. Peter schaute misstrauisch auf das wenig einladende Viertel.

»Reichlich merkwürdiger Ort für eine Frau, die der Kunst so zugetan ist«, brummte Peter.

Der Fahrer hielt vor einem der unschönen Gebäude an. Peter bezahlte, und sie stiegen aus.

An der Eingangstür begannen sie die unendlich langen Kolonnen der Namensschilder zu studieren. Doch sie fanden nirgendwo einen Hinweis auf eine Christina Hermlin.

»Vielleicht hat sie noch einmal geheiratet?«, mutmaßte Peter.

Suzanne zuckte unsicher mit den Schultern.

»Ja, vielleicht. Was machen wir denn jetzt?«

Peter hatte ein Klingelschild entdeckt, auf das er entschlossen drückte.

»Was tust du?«, rief Suzanne.

»Wart's ab«, entgegnete Peter fröhlich.

»Ja, bitte«, klang eine knarzende Stimme aus der Sprechanlage.

»Entschuldigen Sie bitte die Störung, aber könnten Sie mir sagen, wo ich den Hausmeister finde?«

»Oh, äh ja, am nächsten Hauseingang, da ist das Hausmeisterbüro. Da müssten Sie Herrn Kowalski finden.«

»Vielen Dank für die Auskunft.«

Peter strahlte Suzanne an, und endlich schenkte sie ihm wieder jenes Lächeln, das ihm schon vor zwei Tagen Schmetterlinge im Bauch beschert hatte.

Wenige Minuten später traten sie in ein enges Büro vor einen schäbigen Schreibtisch, hinter dem ein dicker älterer Mann saß. Peter schätzte ihn um die 70. Seinen Schädel zierte ein dünner grauer Haarkranz und die Oberlippe ein mächtiger grauer Schnauzbart. An der einen Wand hing ein Poster, das die berühmte Stadtansicht Dresdens von Canaletto zeigte. Hinter dem Schreibtisch war eine große Fahne mit dem Emblem des örtlichen Fußballvereins Dynamo Dresden angebracht.

Herr Kowalski schien froh zu sein, dass sich Besuch in sein Büro verirrt hatte, dazu noch Gäste, die ganz offensichtlich aus Übersee stammten. Suzanne und Peter waren zwar beide des Deutschen mächtig, doch der breite sächsische Dialekt machte es ihnen bisweilen schwer, dem hilfsbereiten Hausmeister zu folgen.

»Nuu, die alde Frau Hermlin! Die hat hier wirklich lange gelebt, eine höfliche Frau, sag ich Ihnen. Hat immer freundlich gegrüßt. Nich wie heute die jungen Leute, für die ist unsereins ja Luft, ni'wohr? An Weihnachten kam se immer rein, hier zu mir ins Büro, und hat mir selbst gebackenen Stollen gebracht. Ja, so war sie, die alde Frau Hermlin.«

»Sie wohnt also nicht mehr hier?«, fragte Suzanne niedergeschlagen.

»Ei nee, das Alter halt. Obwohl, wir haben hier ja in jedem Block Aufzüge. Sie hätte ja nich Treppensteigen müssen. Sie konnte sich noch gut selbst versorgen. Aber sie ist dann vor vier Jahren doch ins Heim gezogen.«

»Wissen Sie, in welches Heim?«, erkundigte sich Peter.

»Wissen schon, aber …« Herr Kowalski hob entschuldigend die Schulter.

»Aber was?«, fragte Peter misstrauisch, der dahinter einen versteckten Appell sah, ihn zu schmieren.

»Nu, vielleicht können Sie das nicht wissen, wenn ihr das da drüben in Amerika nicht habt. Aber wir haben's hier mit dem Datenschutz ganz streng. Ich darf Ihnen die Adresse eigentlich nicht geben.«

»Datenschutz?«, fragte Suzanne verständnislos und schaute Peter fragend an.

»Da können Sie hier richtig Ärger kriegen.«

»Wie bitte?«

»Nu, Ärger, wegen dem Datenschutz.«

»Ah, ich verstehe. Ja, das ist uns ein wenig fremd. Aber hier im alten Europa, vor allem in Deutschland, hüten die Menschen ihre Daten wie den Augapfel.«

Herr Kowalski nickte heftig mit dem Kopf.

»Dann endet unsere Suche hier«, meinte Suzanne niedergeschlagen.

»Nicht gleich die Hoffnung aufgeben, liebes Fräulein. Vertrauen Sie auf den alten Kowalski.«

Er nahm ein Blatt aus der Schreibtischschublade und kritzelte eine Adresse drauf.

»Von mir haben Sie das nicht. Es kann ja auch eine frühere Nachbarin gewesen sein. Und dann ist auch wieder alles gut. Wie gesagt, von mir haben Sie das nicht!«

***

Wenig später saßen sie wieder im Taxi und fuhren an das andere Ende der Stadt. Das Pflegeheim machte einen noch trostloseren Eindruck als die Plattenbausiedlung. Es hatte nur drei Stockwerke und war offensichtlich in den 60er- oder 70er-Jahren gebaut worden, mit all den Attributen, die damals FDJ- oder Gewerkschaftsheime auszeichneten – viel Beton mit ein paar wellenförmigen Applikationen.

Die Dame am Empfang las in einer Illustrierten, kaute Kaugummi und schien nicht gerade erfreut darüber, dass sie gestört wurde.

»Entschuldigen Sie bitte, wir möchten zu Frau Christina Hermlin.«

»Sind Sie Familie?«

»Nein, aber …«

»Sie können doch nicht einfach hier reinplatzen und nach jemandem fragen!«, bellte die Frau.

»Eigentlich bin ich schon verwandt, aber entfernt … Also eher eine entfernte Nichte aus den USA«, sagte Suzanne schüchtern.

Offensichtlich hatte das Wort »USA« wenigstens eine gewisse Wirkung gezeigt.

»Sagen Sie das doch gleich. Wie war der Name?«

»Christina Hermlin.«

Sie tippte etwas in den Computer, zuckte mit den Schultern.

»Christina Hermlin? Kenn ich nicht. Tut mir leid.«

»Sie suchen nach Christina?«, hörten Suzanne und Peter da eine Stimme hinter sich. Sie drehten sich um. Vor ihnen stand ein junger Pfleger.

»Lass das mal, Jennifer, ich kümmere mich.«

Jennifer war offenbar sehr erleichtert, sich wieder der Lektüre ihrer SUPERillu zuwenden zu können. Der junge Mann streckte ihnen seine Hand entgegen.

»Ich bin Micha, Micha Bachmann. Setzen wir uns doch.«

Er deutete auf eine wenig einladende Sitzecke, die von einer traurigen Yuccapalme nur mäßig aufgehübscht wurde. Sie nahmen Platz.

»Ich muss Ihnen leider sagen, dass Frau Hermlin im vergangenen Jahr verstorben ist.«

Suzanne senkte den Kopf.

»Es tut mir wirklich leid. Waren Sie tatsächlich mit ihr, wenn auch nur weitläufig, verwandt?«

»So, ja ... Ja, das kann man so sagen.«

»Wir haben überall nach Verwandten gesucht, aber leider niemanden gefunden. Wissen Sie, es geht um den Nachlass.«

»Hat sie viel hinterlassen?«, wollte Peter wissen. Doch Micha winkte ab.

»Eigentlich ist es nicht der Rede wert. Nur ein wenig Krimskrams und ein paar Kisten mit Papieren. Aber dann ist etwas Merkwürdiges passiert. Etwa drei Monate nach ihrem Tod tauchten zwei ältere Herren auf, die sich sehr für diesen Nachlass interessiert haben, also vor allem für die Kisten. Mir kam das sehr komisch vor. Wenn Sie mich fragen, dann waren das ehemalige Mitarbeiter des MfS.«

»Der Stasi?«, fragte Peter verblüfft.

Micha nickte heftig.

»Was ist mit den Kisten passiert?«

»Nichts«, antwortete Micha fröhlich.

»Wie? Nichts?«, wollte Peter wissen.

»Die haben von mir den ganzen wertlosen Plunder bekommen. Der Rest lagert jetzt in der Garage meiner Eltern – so lange, bis jemand kommt, der Anspruch darauf erhebt und den auch rechtmäßig belegen kann. Und wenn niemand kommt, werde ich in ein paar Jahren reinschauen.«

Suzanne seufzte.

»Dann bin ich vermutlich raus, denn ich werde niemals einen legalen Anspruch auf diese Kisten erheben können.«

»Sagten Sie nicht, dass Sie weitläufig verwandt sind?«, fragte Micha erstaunt.

»Ja, das schon.«

»Aber da gibt es doch heute Möglichkeiten, Stammbäume übers Internet zu recherchieren und solche Sachen.«

Sie lachte bitter.

»Da können Sie noch so lange Stammbäume studieren. Mir wird das nichts helfen.«

»Ich versteh Sie nicht.« Nach einer kurzen Pause fügte Micha hinzu: »Aus Amerika sind Sie, richtig? Na, Christina hat nie viel von sich erzählt, aber bei der Einführung eures neuen – Entschuldigung – komischen Präsidenten, als wir das gemeinsam im Fernsehen sahen, da hat sie plötzlich von ihrer großen Liebe gesprochen. Dass sie vor langer Zeit bei einer Reise in die USA einen amerikanischen Arzt kennengelernt hatte …«

»Meinen Vater. Christina wäre beinahe meine Stiefmutter geworden. Aber das steht leider in keinem Stammbaum.«

»Das ist schade. Ich hatte es so gehofft für Christina, denn irgendwie schien sie auf jemanden zu warten. Sie war nämlich eine sehr liebe Frau. Ich habe sie wirklich gemocht.«

»Ich auch«, sagte Suzanne.

Nun war auch Micha niedergeschlagen.

»Vielleicht können wir ja in Kontakt bleiben. Hier haben Sie meine Nummer.«

Suzanne zog eine Visitenkarte heraus und notierte sich ihrerseits die Nummer von Micha. Dann verabschiedeten sie sich.

Als sie vor dem Pflegeheim standen und auf das Taxi warteten, meinte Peter mitfühlend: »Es tut mir leid für dich, dass nun alles umsonst war.«

Sie wandte sich überrascht um und sagte: »Nein, es war nicht umsonst, ganz und gar nicht!«

DAS MÄDCHEN MIT DEM CUPIDO

Peter wurde nicht schlau aus Suzanne. Im Zug war sie zu Tode betrübt gewesen, hatte offenbar unter dem ungeklärten Schicksal ihrer Beinahe-Stiefmutter gelitten, doch als sie die Nachricht erhielt, dass Christina Hermlin tot war, nahm sie das nicht nur gefasst, sondern fast gleichgültig auf, als habe sie damit gerechnet. Im Taxi wirkte sie dann fast euphorisch. »Lass uns einkaufen«, hatte sie vorgeschlagen, sie brauche doch noch ein Kleid für den Abend. Und nun standen sie in einer Boutique, und irgendwie ging ihm das Märchen von Aschenputtel nicht aus dem Kopf, als sie sich ein einem eleganten Abendkleid vor dem Spiegel wiegte.

Schließlich bestand sie darauf, auch noch ihn neu einzukleiden. Widerwillig gab er nach. Sie kehrten zurück ins Hotel und machten sich frisch. Peter hatte sich noch eine halbstündige Auszeit erbeten. Einerseits musste er die verschiedenen Verwandlungen Suzannes erst einmal verdauen, und dann hatte er beschlossen, sich wieder mit etwas mehr Eifer seinem eigentlichen Auftrag zu widmen: Vermeer und Grinderman. Er nahm sich den Ausstellungskatalog vor, den er nach seiner Rückkehr samt den Karten für die feierliche Eröffnung in seinem Zimmer vorgefunden hatte.

Er schlug den Katalog auf und stutzte, als er das berühmte Bild *Brieflesendes Mädchen am offenen Fenster* sah. Er schluckte, schaute noch einmal hin, überflog den Text und starrte wie gebannt auf das Bild, nach dem *Mädchen mit dem Perlenohrgehänge* vielleicht das berühmteste. Wie hatte ihm das da drüben auf der anderen Seite des Atlantiks entgehen können? Eine der heftigsten Auseinandersetzungen in der kunsthistorischen Szene der letzten Jahre war völlig an ihm vorbeigegangen, weil er in seinem Keller bei seinen Comics gesessen hatte! Natürlich war ihm das Bild bekannt, und ebenso natürlich wusste er, dass es in der Galerie Alte Meister in Dresden hing – seit fast 300 Jahren. Doch das Bild, das er kannte, sah so anders aus als das Bild im Katalog. Da, wo sich in Peters Erinnerung einfach eine weiße Wand befand, hing nun das Bild eines überlebensgroßen fetten Cupido, der sich auf seinen Bogen stützte und über die Briefleserin hinwegschaute. Peter atmete schneller. Er lernte, dass man diesen Cupido durch Röntgenaufnahmen entdeckt und 2017 freigelegt hatte. Vermeer hatte das Thema des Cupido auch in drei anderen seiner Gemälde genutzt. So schien es ein Rätsel, warum Vermeer ausgerechnet diesen Cupido übermalt haben sollte. Schließlich stellte sich heraus, dass die Farb- und Firnisschicht, die die Wand bedeckte, viel jünger war als das Bild. Vermeer hatte den Liebesgott also nicht eigenhändig entfernt.

Peter starrte auf das Bild. Oh, Vermeer. Seit jeher spürte Peter eine Seelenverwandtschaft zu diesem Meister. Ja, man könnte es eine Komplizenschaft des Geheimnisses nennen, das er mit keinem anderen Maler teilte. Eigentlich sollte Peter sich auf diese Begegnung freuen, doch seltsamerweise blieb ihm das Bild verschlossen. Es war so ... so anders. Ein Gefühl großen Bedauerns überkam ihn. Er empfand so etwas wie einen Verlust. Es war ein anderes Bild, das er da ansah, das alte war unwiederbringlich verloren – was aber eigentlich nicht stimmte. Es gab noch genügend Reproduktionen vom vorherigen Zustand. Jederzeit konnte man den also wieder heraufbeschwören. Trotzdem wollte sich das Gefühl des Verlustes nicht verflüchtigen. Auf einmal wurde ihm klar, woher dieses Gefühl kam. Das Geheimnis! Der Cupido lüftete ein Geheimnis, das seit über 300 Jahren über dem Bild gehangen hatte wie ein seidener Schleier. Was liest das junge Mädchen? Einen Liebesbrief vielleicht? Es ging um dieses »vielleicht«, um dieses Fragezeichen. Das Geheimnis war gelüftet, der Schleier weggerissen. Der Cupido strich das »vielleicht« und machte aus dem Fragezeichen ein Ausrufezeichen. Der Pfeil des Amor mochte ins Herz des brieflesenden Mädchens getroffen haben, doch er hatte auch die Fantasie des Betrachters damit erlegt. Und was bedeutete das nun über Peters eigene Melancholie hinaus? Vom technischen Standpunkt aus mochte das Gemälde vielleicht gewonnen haben. Schließlich wurde dem Betrachter so noch mehr von Vermeers künstlerischen Fähigkeiten offenbart. Doch vielleicht war ja auch das Geheimnis an sich ein Teil der Kunst. Manchmal, so dachte er sich, sollte nicht jedes Geheimnis gelüftet werden – der Kunst zuliebe.

***

Es war Zeit, sich auf den Weg zu machen. Peter hatte sich in Schale geworfen und klopfte bei Suzanne an der Tür. Sie öffnete und sah atemberaubend aus. Peter schluckte, machte ihr Komplimente. Sie strahlte ihn an und hakte sich unter. Als sie die Straße überquerten, erzählte er ihr von der Freilegung. Sie legte den Kopf schräg, lächelte ihn spöttisch an und meinte nur: »Ach, ist das so?«

Peter kam sich vor wie ein Schuljunge, der vergessen hatte, seine Hausaufgaben zu machen. Er wurde puterrot. Natürlich hatte sie davon gewusst. Jeder, der sich auch nur ein wenig für Kunstgeschichte und für Vermeer interessierte, hatte die Diskussion in den letzten Monaten verfolgt, sich seine Meinung gemacht und auf die ein oder andere Seite geschlagen.

In der Vorhalle wurde der Festakt zur Eröffnung der Ausstellung aus dem Albertinum übertragen. Peter und Suzanne hörten das Grußwort des Ministerpräsidenten, lauschten der Musik, sahen eine Tanzvorführung und folgten der kurzen Ansprache des niederländischen Premiers. Schließlich war der Direktor der Galerie Alte Meister ans Mikrofon getreten. Er sprach über die Geschichte der Freilegung und der Wiederentdeckung des Cupido. Da spürte Peter, wie Suzanne nach seiner Hand griff. Man habe das Bild ja eigentlich nur reinigen wollen, berichtete er, bis man feststellte, dass eine Übermalung der Wand nicht von Vermeer, »sondern von fremder Hand ausgeführt worden war«.

Mit jedem Wort des Redners drückte sie fester zu, als kralle sie sich geradezu in Peters Hand. Er schaute sie an, doch sie blickte nur verbissen auf den Bildschirm. Wut stand in ihren Augen, die zunehmend feucht wurden. Nur langsam ließ die Anspannung nach. Sie kramte in ihrer Handtasche nach einem Taschentuch. Sie wischte sich die Augen ab, schnäuzte und lächelte wieder, als sei nichts passiert. Sie zog Peter ein wenig mit, bis sie genau neben dem Eingang waren. Die Veranstaltung auf dem Bildschirm neigte sich dem Ende zu. In wenigen Minuten würden die Ehrengäste eintreffen.

Sicherheitsbeamte bahnten einen Weg für die Kanzlerin, den Premierminister und den Ministerpräsidenten. An ihrer Seite ging der Direktor, der die prominenten Gäste durch die Türe in die Ausstellungsräume führte. Nach etwa zehn weiteren Personen reichte Suzanne, zu Peters Erschrecken, dem Einlasskontrolleur die Ehrenkarten, und dieser ließ sie ungehindert passieren. Die Ehrengäste wurden vom Direktor von Bild zu Bild geführt, kaum 20 Schritte hinter ihnen folgte Suzanne, die Peter an der Hand hinter sich herzog. Peter fühlte sich nicht wohl in seiner Haut. Sie hätten entschieden nicht mit dieser Gruppe eingelassen werden dürfen. Ein älterer Mann fiel ihm auf, der sie beide zu fixieren schien, doch dann lächelte er nur freundlich. Endlich hatte die Gruppe das letzte Bild erreicht, das *Brieflesende Mädchen*. Die Politiker ließen sich geduldig ablichten, der Direktor trat wieder vor und begann leise noch einmal die Geschichte der Freilegung zu erzählen.

Peter spürte, wie Suzanne seine Hand losließ und sich einige Schritte von ihm entfernte. Es schien, als wolle sie den Ausführungen des Direktors lauschen, wie viele andere auch. Gerade wollte sich Peter zu dem älteren Mann gesellen, da schob Suzanne einen Besucher zur Seite und stand vielleicht noch fünf Meter von der Kanzlerin entfernt. Plötzlich schrie sie den Direktor wütend an: »Warum sagen Sie der Kanzlerin nicht die Wahrheit? Nicht Sie haben den

Cupido entdeckt. Es war eine mutige Frau, die ihn schon 1979 gefunden hat! Sie hat alle Risiken auf sich genommen und ist mundtot gemacht worden. Und Sie, Frau Kanzlerin, Sie wissen doch um all das Unrecht, das in der DDR geschehen ist!«

Erstaunt drehte sich die Kanzlerin um. Es wurde laut. Ein Tumult brach aus. Von Suzanne waren nur noch Wortfetzen zu hören. Sie wurde von Sicherheitsleuten an beiden Armen gepackt und weggezerrt. Peter hörte nur noch, wie Suzanne »Gerechtigkeit!« schrie, und er meinte auch den Namen von Christina Hermlin zu hören. Die Leibwächter der Politiker umringten die Kanzlerin und führten sie weg von dem Bild. Peter erkannte noch, wie die Frau in dem blauen Blazer fragend die Arme hob und auf den Direktor einredete, ehe sie hinter einen Vorhang trat. Eine der mächtigsten Frauen der Welt verschwand einfach hinter einem Vorhang!

Peter stand wie vom Blitz getroffen da. Er erwartete, jeden Moment selbst abgeführt zu werden. Doch nichts geschah. Wohin würden sie Suzanne bringen? Und was sollte das heißen: »die Wahrheit«? Ein Mann tippte ihm auf die Schulter. Es war offenbar einer der Museumswärter.

»Würden Sie jetzt bitte auch gehen? Draußen warten noch viele, die ebenfalls hereinkommen wollen. Sie wissen ja, die Gäste sollen sich nicht länger als 30 Minuten hier aufhalten«, sagte er entschuldigend.

Peter nickte geistesabwesend und ging langsam zum Ausgang. Noch immer wie betäubt setzte er sich auf eine Bank auf dem Theaterplatz und versuchte seine Gedanken zu ordnen. Was war da gerade geschehen? Wer war Suzanne? War sie eine Aktivistin? So hatte sie sich aufgeführt. Für einen Moment erleichterte es ihn, dass sie nicht zu jenen gehörte, die mit bemalten nackten Brüsten ihrem Protest Ausdruck verliehen. Aber es war auch so schon schlimm genug. Diese ganze Reise nach Dresden hatte sich zu einem hoffnungslosen Desaster entwickelt. Was wollte Suzanne nur? Offensichtlich war sie in dem Wahn gefangen, dass ihre Beinahe-Stiefmutter den Cupido entdeckt hatte – vor über 40 Jahren. Peter schien der Gedanke völlig absurd. Was mochte nun mit Suzanne passiert sein? War sie verhaftet worden? Dafür gab es streng genommen keinen Grund. Sie hatte niemanden angegriffen und im Grunde auch niemanden beleidigt. Es erschien ihm am schlausten, im Hotel nachzufragen. Ein so nobles Etablissement war sicher auf Diskretion bedacht. Vielleicht könnten sie ihm dort helfen, das Problem geräuschlos aus der Welt zu schaffen.

***

Als er an der Rezeption stand, war er nervös. Wie sollte er seine Bitte möglichst unauffällig formulieren? Am besten sollte niemand anderer in der Nähe sein. Doch die Rezeption war in diesem Moment voll. So drückte er sich in der Lobby herum. Endlich schien der Rezeptionist alleine. Mit eiligen Schritten strebte Peter dem Tresen zu, doch da trat ein älteres Ehepaar heran, offenbar Italiener. Peter machte wieder kehrt. Die Minuten verrannen. Das italienische Problem war offensichtlich nicht so einfach zu lösen. Der Mann fuchtelte mit den Armen, seine Frau versuchte, ihn zu beruhigen, und der Rezeptionist lächelte stoisch. Endlich schienen die Schwierigkeiten aus der Welt geräumt. Die professionelle Haltung des Portiers machte ihm Mut. Entschlossen trat er endlich an den Tresen und sagte: »Entschuldigen Sie bitte, meine Begleitung, Mrs. Tulip …«

»Ah ja, die Dame hat schon vor fünf Minuten ausgecheckt. Gib es Probleme?«

»Nein, nein … Es ist alles in Ordnung. Vielen Dank.«

Wie betäubt ging er auf sein Zimmer und ließ sich auf das Bett fallen. Machte es jetzt überhaupt noch Sinn, nach Suzanne zu suchen? Er fühlte sich von ihr benutzt. Offenbar hatte sie ihn nur gebraucht, um ihren Auftritt zu inszenieren. Aber wie hätte sie das alles einfädeln können? Woher sollte sie wissen, dass er Karten für diesen Abend besorgen konnte? Seine Gedanken wurden vom Klingeln seines Handys unterbrochen. Er las Giovannas Namen und stöhnte auf.

»Was haben Sie sich dabei gedacht?«, schrie sie. »Sie haben meinen guten Ruf missbraucht – noch schlimmer, Sie haben den von Chroseby besudelt. Wie konnten Sie nur? Die deutsche Bundeskanzlerin, den holländischen Premierminister und den Ministerpräsidenten von Sachsen hat eine Frau beleidigt, die mit einem Ticket zu einer Veranstaltung kam, auf der unser Name steht!«

»Ich konnte doch nicht ahnen, was sie vorhat, Giovanna!«, entgegnete er müde.

»Männer! Das kommt davon, wenn man nicht mit dem Kopf denkt, sondern mit einem anderen Körperteil«, giftete sie.

»Giovanna, was unterstellen Sie mir?«

»Tun Sie nicht so scheinheilig. Mir war doch schon klar, dass Sie in diese Spinnerin verknallt waren, als Sie angerufen haben.«

»Warum habe ich die Karten dann bekommen?«

»Ach Peter«, seufzte sie und schien ein wenig milder gestimmt, »was hätte ich denn tun sollen? Sie zurückpfeifen, Ihnen sagen, dass Sie nicht nach Dresden fahren sollen? Wir sind nicht verheiratet, wir sind nicht einmal ein Paar, und Sie können tun und lassen, was Sie wollen. Wieso sollte ich mich also als eifersüchtige Furie aufspielen? Und wie hätte ich Sie besser von meiner Wertschätzung überzeugen können, als Ihnen die Karten zukommen zu lassen?«

»Ach Giovanna, es tut mir wirklich leid«, sagte er mit aufrichtiger Zerknirschung.

»Das soll es auch. Und ich hoffe, es wird Ihnen eine Lehre sein.«

»Das wird es, versprochen«, schwor Peter.

»Die Wogen, die Ihre kleine Liebschaft aufgewühlt hat, glätten wir schon wieder. Der niederländische Premierminister ist ein humorvoller Mensch, den ich schon lange kenne und der mir auch den ein oder anderen Gefallen schuldig ist. Er hat das mit der Kanzlerin schon wieder eingerenkt.«

»Sie kennen den holländischen Premier?«

»Meine Güte, Peter, was glauben Sie denn, auf wessen Kontingent Sie da gereist sind? Er ist Historiker und ein ungeheuer profunder Kenner der Kunst seines Heimatlandes. Er kokettiert gerne damit, dass Rembrandt und Vermeer seine Nachbarn sind, weil sein Büro in der Nachbarschaft des Mauritshuis liegt. Da läuft man sich schon das ein oder andere Mal über den Weg.«

»Gibt es irgendjemanden, den Sie nicht kennen?«

Sie lachte laut in ihr Telefon.

»Ja, den Grinderman. Ich nehme mal an, dass Sie in Dresden noch nicht viel weiter gekommen sind.«

»Ich muss gestehen, dass Sie recht haben.«

»Nun gut, aber hier hat sich etwas getan, und ich kann nicht behaupten, dass mir das gefällt. Der Briefträger war wieder mal hier.«

»Ein neuer Brief?«

»Allerdings.«

»Und was ist daran so schlimm?«, fragte Peter misstrauisch.

»Dieses Mal, so behauptet unser Grinderman, sei er durch die Zeit gereist.«

»Das ist verrückt!«, rief Peter aus.

»Ist es. Ich habe wirklich einen Moment daran gedacht, das Ganze zu beenden, aber …«

»Was heißt hier *aber*? Sie werden doch nicht plötzlich an Zeitreisen glauben? Und wenn er im nächsten Brief mit seinen Linsen beweist, die Erde sei eine Scheibe? Giovanna, wir machen uns lächerlich.«

»Das war auch mein erster Gedanke, aber noch sind wir nicht so weit. Wenn die Briefe echt sind, bleiben sie trotzdem ein wertvoller historischer Schatz, auch wenn im ein oder anderen Unsinn steht. Die anderen Briefe waren doch schon ziemlich erstaunlich, oder?«

»Das schon, aber so etwas Verrücktes, das könnte doch alles andere wertlos machen.«

»Peter, ich mache Ihnen einen Vorschlag«, meinte sie. »Lesen Sie den Brief, und danach unterhalten wir uns noch einmal. Dann werden wir entscheiden, ob wir weitermachen.«

»Also gehe ich runter in die Lobby und warte auf Ihr Fax. Nach allem, was passiert ist, hab ich es verdient, wenn ich mich jetzt hier noch einmal zum Affen mache.«

»Nein, ich schicke es elektronisch.«

»Oh, haben Sie Ihre Meinung zu den postalischen Mitteln des 21. Jahrhunderts geändert?«

»Ganz und gar nicht. Ich will nur nicht, dass dieser Brief in andere Hände gerät als die Ihren.«

Zehn Minuten später hatte er den Brief heruntergeladen und begann zu lesen:

12. Dezember 1653

An die Mitglieder der Royal Society.

Ich schreibe Ihnen, um Ihnen von meiner letzten Entdeckung zu berichten.
Ich versuche meine Aufregung zu bändigen, und bitte zu entschuldigen, wenn dadurch die Schrift ein wenig zittrig erscheint. Doch diese Entdeckung ist so gänzlich groß, ich habe sie vollbracht: eine Linse, mit der man nicht nur im Raum, sondern auch so ganz in die Zeit treten kann – wenn auch nur für einen Augenblick!

Lassen Sie mich ausführen:

Nun, es ist offensichtlich, dass wir nach herkömmlichen Maßstäben wie dem Kalender oder der Uhr leben, und es ist wahrscheinlich, dass wir falschliegen. Und dass Sie sich vielleicht immer noch irren – ist es möglich, dass das, was als Fortschritt bezeichnet wird, die Entwicklung eines Fehlers ist?

Ich wiederhole, wir befinden uns in einer Ära der Wissenschaft, des Versuchs und Irrtums, und wir befinden uns auf einem absolut unbekannten Weg.

Im Raum kann man hingehen, wohin man will. Also kann man vielleicht auch in der Zeit gehen, wohin man will – das war der Gedanke, der mich seit Monaten nicht ruhen ließ.

Durch den Blick in den Himmel und in den Mikrokosmos der Welt stellte ich fest, dass die Zeit dem Raum viel ähnlicher ist, als wir zuvor dachten. Also können wir womöglich alles, was wir mit dem Raum machen können, auch mit der Zeit machen.

Was ist die Zeit? Der Schlüssel liegt im Augenblick. Der Augenblick ist die kleinste Zeiteinheit, die wir erleben. Wie lang ist ein Augenblick? Etwa vier bis sechs Sekunden. Dies ist die Zeitspanne, in der die Augen ständig geöffnet sind. Dann gibt es einen Wimpernschlag. Eine Linse zu schleifen, die wie ein Auge funktioniert! Die den Augenblick festhält, das war mein Gedanke.

Dieser Moment ist der Übergang von Bewegung zu Ruhe und Ruhe zu Bewegung, weil er weder ruhig noch bewegt ist. Dieser Kontrast zwischen Zeit und Ewigkeit ist im Augenblick vereint.

Ich wiederhole:

Das Linsenschleifen ist eine Art höhere Mathematik, von höchster Sprache, aber wir sind im Strom von etwas Gefährlichem. Denn diese Linse erlaubt uns den Blick in die Erkenntnis, vielleicht sogar in die Schöpfung.

Sie schenken meinen Ausführungen keinen Glauben? Oder können mir nicht folgen? Dann möchte ich von folgender Beobachtung berichten, die alles, was ich bisher durch Teleskope und Mikroskope gesehen habe, um ein Weites an Erkenntnis in den Schatten stellt.
Ich berechnete einen Augenblick weit vor unserer Zeit. Und als ich durch die Linse sah, erschienen bei genauer Betrachtung des Bildfeldes im Vordergrund zunächst zwei Personen, die das Sichtfeld überwiegend ausfüllten. In der unteren linken Seite lag da ein junger nackter Mann mit aufgestütztem Oberkörper. Eine athletische und muskulöse Person. Der junge Mann lag am Rande einer hell und dunkelgrün schattierten Fläche, die einem abschüssigen Hang ähnelte. Sein Gesicht wies sehr weiche Züge auf.
Er hatte das linke Bein angewinkelt, das rechte war ausgestreckt. Mit dem rechten Arm stützte er sich auf dem abschüssigen Hang unter ihm ab. Seine rechte Hand war zum Körper hin unnatürlich angewinkelt. Der Oberkörper war aufgerichtet. Der linke Arm war auf dem angewinkelten Knie aufgestützt und in Richtung der anderen Person ausgestreckt. Die rechte Hand hing schwach herunter.
Der junge Mann schaute zu der zweiten Person auf. Diese war schwebend am Himmel. Es könnte sich hierbei um den Gottvater handeln. Ein deutlich älterer Mann, in einem rosafarbenen Gewand. Seine Haare waren lang und grau, ebenso wie sein Bart. Die Gesichtszüge waren hart, und sein Blick war ernst auf den jungen Mann gerichtet.
In einem Moment streckte er den rechten Arm Gottes aus, die Hand und der Zeigefinger waren durchgestreckt und im Inbegriff, den Zeigefinger des jungen Mannes zu berühren! Im linken Arm hielt der Mann eine zarte,

mädchenhafte Gestalt. Diese blickte den jungen Mann mit leuchtenden Augen an. Des Weiteren schwebten elf Kinder um den alten Mann.
Sie befanden sich in einem ausgebreiteten roten Stoff. Auch die Blicke der Kinder waren nahezu alle auf den jungen Mann gerichtet. Ein grünes Tuch fädelte sich durch die Figuren hindurch und flatterte in der Luft.
Den Hintergrund bildete ein mit Wolken durchzogener Himmel.
Es schien so, als sei alles vorbereitet für diesen Moment. Es sollten sich die beiden Zeigefinger treffen – doch dann verschwamm das Bild in meiner Linse. Der nächste Wimpernschlag, der Moment war vorbei.

Weiter werde ich die Wissenschaft mit meinen Erkenntnissen befeuern, und ich hoffe auch so, Ihre Neugier und Anerkennung geweckt zu haben.

Peter ließ sein Tablet sinken. Nachdem er den Brief gelesen hatte, konnte er verstehen, was Giovanna gemeint hatte. Der Grinderman war kein Aufschneider. Er hatte tatsächlich geglaubt, in der Zeit bis zum Schöpfungsakt zurückgesehen zu haben. Allerdings hatte er sich geirrt, das, was er gesehen hatte, war nicht die Erschaffung der Welt, sondern nur das Bild davon, das Bild, das sich ein anderer von der Schöpfung gemacht hatte. Es war das Meisterwerk eines italienischen Künstlers, das heute noch die ganze Welt verzauberte. Der Grinderman beschrieb im kleinsten Detail die *Erschaffung Adams*, das zentrale Kunstwerk der Fresken in der Sixtinischen Kapelle, des gewaltigsten Werkes von Michelangelo Buonarroti.

»Was zum Teufel …«, fluchte Peter, als ihm die Tragweite seiner Erkenntnis klar wurde. Michelangelo hatte rund 100 Jahre vor dem Grinderman gelebt. Doch wenn man den Briefen glauben durfte, hatte der Grinderman Delft nie verlassen. Es gab keine Kopien der *Erschaffung Adams*, die nach Holland gelangt waren. Und doch wollte der Grinderman die Schöpfung durch eine seiner Linsen gesehen haben. Peters Herz schlug schneller. Was, wenn der Grinderman ähnliche Erfahrungen gemacht hatte wie er selbst? Waren Peter und der Grinderman wesensverwandt?

DER CHRONIST

Ratlos hockte Peter auf seinem Bett. Was sollte er nun noch in Dresden? Suzanne war verschwunden, die Spur zum Grinderman hatte sich offensichtlich als falsch herausgestellt, und zu allem Überfluss hatte dieser Grinderman ihm noch ein Rätsel aufgegeben, das unlösbar schien – es sei denn, Peter verknüpfte es mit seiner eigenen Person und seinem eigenen Erfahrungshorizont. Kein Wissenschaftler hatte ihm je vernünftig und nachvollziehbar erklären können, was es mit seinen seltsamen Begegnungen auf sich hatte. Die Wissenschaft verstand ihn nicht – und das machte Peter zu einem Außenseiter, zu einem kuriosen Geschöpf. Die, die Peter wohlgesonnen waren, sprachen ihm noch ein Übermaß an Fantasie zu, doch für die meisten Wissenschaftler, die um ihn und seine Begegnungen wussten, war er einfach nur ein Freak.

Das Zimmer wurde ihm zu eng. Er musste an die frische Luft. Vielleicht würde er ja draußen irgendwo Suzanne begegnen – und dann würde sie ihm eine ganz simple Erklärung für ihr Verschwinden geben, eine, die er sofort verstehen würde, dann könnten sie sich in ein Café an der Elbe setzen und über den ganzen Vorfall lachen.

So verließ Peter das Hotel und irrte durch die engen Gassen Dresdens. Irgendwo zwischen Taschenberg und Frauenkirche blieb er plötzlich stehen. Ein Schaufenster hatte seine Aufmerksamkeit erregt. Es war eine Buchhandlung. Dem Comichändler in ihm waren sofort die Cover in der Auslage aufgefallen. Es handelte sich zwar um etliche verschiedene Titel, aber die Gestaltung war immer gleich und erinnerte stark an die Comics der 20er- und 30er-Jahre des letzten Jahrhunderts. Auf einem der Cover versteckten sich zwei Kinder hinter einer Litfaßsäule und beobachteten von dort aus einen grün gekleideten Mann mit schwarzer Melone. Ein anderes zeigte zwei fröhliche Kinder, Hand in Hand, gefolgt von einem offenbar ebenso gut gelaunten Hund. Es waren zwei Stadtszenen. Ein dritter Einband zeigte zwei Mädchen in rotem Kleid vor einem Alpenpanorama. Die Bücher schienen alle irgendwie aus der Zeit gefallen, und trotzdem passten sie genau hierher. Vielleicht war es wie mit seinem Comicladen am St. Mark's Place. Auch der passte genau dort hin und wäre in der 5th Avenue völlig fehl am Platze gewesen.

Schließlich fiel ihm ein Einband auf, der von einem rollschuhfahrenden schwarzen Pferd dominiert wurde. Ein kleiner Junge und ein älterer Mann mit Hut saßen auf seinem Rücken. Irgendetwas kam ihm sehr vertraut vor. Er las den eigenartigen Titel »Der 35. Mai« und fühlte sich wie in das Bild hineingezogen.

»Ah, Amerikaner, wie?«, hörte er eine Stimme hinter sich.

Peter drehte sich um. Hinter ihm stand ein älterer Mann mit buschigen dunklen Augenbrauen, einer hohen Stirn, die Unterlippe leicht und ein wenig spöttisch geschürzt.

»Macht nichts, Sie können auch Deutsch mit mir sprechen«, sagte der Mann freundlich.

»Woher wissen Sie, dass ich Ihre Sprache spreche?«, fragte Peter verblüfft.

»Sie scheinen mir ein belesener Mann. Und da Sie sich für deutsche Kinder- und Jugendliteratur zu interessieren scheinen …«

»Ich muss gestehen, ich habe mich mehr für die Illustrationen interessiert. Irgendwoher kenne ich den Stil.«

»Die sind alle von Walter Trier«, erklärte der Mann.

»Walter Trier? *Der* Walter Trier?«, rief Peter aufgeregt.

»Ach schau. Walter Trier ist Ihnen ein Begriff?«

»Natürlich! *Das Eselein Dandy* und *The Jolly Picnic*!«

Der Mann hob seine mächtigen Augenbrauen.

»Oh, mir war gar nicht bewusst, dass er drüben so berühmt war.«

»Ich weiß offen gestanden nicht, wie berühmt er in den USA war. Aber meine Mutter hatte Bücher von ihm, die ich dann später auch mit Begeisterung gelesen und vor allem angeschaut habe. Vielleicht ist er auch ein Grund dafür, warum ich heute in New York einen Comicladen betreibe.«

»Aha, auch jemand, der nicht erwachsen wird«, entgegnete der Mann ernsthaft.

»Wie bitte?«, fragte Peter indigniert.

»Oh nein, bitte verstehen Sie mich nicht falsch. Ich sag immer: Lasst euch die Kindheit nicht austreiben.«

»Ach so, ja, das ist schön gesagt. Aber …«

»Was aber? Sie sehen aus wie ein Mann, der Probleme hat – nicht wahr, mein Freund?«

Peter kniff die Augen zusammen.

»Wer sind Sie?«, fragte er.

Der Mann lächelte und meinte:

»Ein Chronist, nur ein Chronist.«

Er hakte sich bei Peter unter und zog ihn weg vom Schaufenster.

»Wir machen einen kleinen Spaziergang, und ich zeige Ihnen mein Dresden, wenn Sie Lust haben. Vielleicht geht es Ihnen dann besser.«

Sie gingen in Richtung Frauenkirche. Doch das Thema, das der Mann anschnitt, schien zunächst nicht dafür geeignet, Peters Stimmung aufzuhellen.

»In jener grauenhaften Nacht im Februar 1945 versank mein Dresden in Trümmern. Niemand hätte gedacht, dass die Frauenkirche jemals wieder in der alten Pracht erstrahlen könnte. War es ein Triumph der Technik oder doch eher einer der Fantasie?«

Dann erzählte er von seiner Kindheit, und Peter erschien das alles wie ein Märchen. Zwischendurch erklärte er ihm die Stadt mit allerlei witzigen und manchmal ernsten Anekdoten.

Längst war Peter klar geworden, dass es sich bei dem Chronisten nicht um einen zufälligen Passanten handelte.

»Walter Trier musste fort, er war ja Jude. Ich blieb, was mir später viele übel genommen haben. Aber keiner von ihnen hat den 10. Mai 1933 so erlebt wie ich. Da stand ich nun auf dem nächtlichen Opernplatz in Berlin, mitten in der geifernden Menge, eingekeilt zwischen SA-Studenten, und hörte diesen humpelnden Marktschreier Goebbels kreischen, dass mein *Fabian* dem Feuer übergeben werde. Es war widerlich.«

»Warum sind Sie nicht ins Exil gegangen?«

»Meiner Sprache beraubt, von meinen Wurzeln abgeschnitten? Viele haben das Exil nicht überlebt, sind eingegangen wie die Primeln. Kurt Tucholsky, der kleine dicke Berliner, der mit seiner Schreibmaschine die Katastrophe aufhalten wollte, starb in Göteborg an einer Überdosis Veronal, Joseph Roth, der ewig Zornige, hat sich in Paris totgesoffen, und selbst Stefan Zweig, dem doch im Exil alle Türen offenstanden, hat sich in Brasilien gemeinsam mit seiner Frau umgebracht. Wer weiß, was aus mir geworden wäre, irgendwo in Kanada oder Australien oder Neuseeland.«

Er schwieg, und sie spazierten weiter. Sie überquerten den Fluss und gingen an der Elbe entlang. Peter blieb stehen.

»Das ist er also, der Canaletto-Blick?«, fragte er und betrachtete fast ein wenig ergriffen das Panorama des Elbflorenz.

»Mir scheint, Sie finden so langsam Ihr inneres Gleichgewicht wieder?«, meinte der Chronist belustigt.

Peter zuckte mit den Schultern.

»Ich musste gerade an ein anderes Bild denken.«

»Lassen Sie mich raten: die Stadtansicht von Delft?«

»Wie kommen Sie darauf?«

»Sie sind eher der Vermeer-Typ.«

»Ich?«

»Sie sind auf der Suche nach seinem Geheimnis, und es macht Sie wahnsinnig, dass Sie nicht dahinterkommen.«

»Na ja ...«, murmelte Peter und kratzte sich am Hinterkopf.

»Sie haben mich überrascht damit, dass Sie Walter Trier kennen. Lassen Sie mich Ihnen helfen.«

»Das ist ja nett, aber ich glaube nicht ...«

»Wir werden jetzt Jan Vermeer und Walter Trier vergleichen.«

»Sind Sie verrückt? Die liegen doch Lichtjahre auseinander!«, rief Peter ungläubig aus.

»Warten Sie es einfach ab. Wir machen ein Experiment. Schließen Sie die Augen und denken Sie an das Titelbild von *Emil und die Detektive*. Das mit der Litfaßsäule!«

Peter schloss die Augen und erinnerte sich sofort. Er sah das Bild mit dem markanten gelben Grundton. Eine Straßenecke und die beiden Kinder, die etwas geduckt hinter der Litfaßsäule stehen. Er beschrieb es, so genau es ging.

»Guter Mann, ich will keine Nacherzählung, ich will wissen, was Sie sehen!«, rief der Chronist ungeduldig.

»Die Kinder beobachten einen Mann, offenbar in einer großen Stadt. Vielleicht Berlin? Sie verfolgen ihn. Der Mann, hm, er trägt Grün. Grün ist die Farbe der Hoffnung, aber nein, der Mann, er stolziert, sein Rücken ist leicht durchgebogen, die Melone sitzt ein wenig schief. Dadurch wirkt er unseriös. Nein, er ist nicht sympathisch, das sieht man ihm von hinten an. Grün ist eher die Farbe der Missgunst. Sie verfolgen ihn, weil er etwas getan hat. Sie wollen vielleicht ein Unrecht wiedergutmachen. Der Mann ist ein Hochstapler oder ein Dieb.«

»Bravo!«, rief der Chronist begeistert. »Sehen Sie, was ich meine? Das Bild hätte auch Vermeer malen können. Es würde dann natürlich ganz anders aussehen, einer Fotografie viel ähnlicher. Aber wären die Kinder nicht auch gebückt und versteckt? Hätte der Mann nicht auch Attribute, die zwar versteckt sind, ihn aber doch als Bösewicht ausweisen? Es sind nicht Farben und Formen, sondern die kleinen und kunstvollen Details, die unsere Fantasie anregen. Die Bilder, die wahren Bilder, entstehen in unserem Kopf.«

Peter dachte nach, und der Chronist gab ihm die Zeit. Untergehakt gingen die beiden weiter die Elbe entlang. Schließlich meinte Peter:

»Mein Problem ist eigentlich nicht die Fantasie, sondern die Wissenschaft.«

Der Chronist winkte ab.

»Wissenschaft, Wissenschaft ... Warum soll die Wissenschaft denn immer in Konkurrenz zur Fantasie stehen? Ja, man trennt gerne Kunst und Wissenschaft, aber vergessen wir da nicht, dass beides aus der gleichen Quelle gespeist wird? Am Anfang von allem steht die Neugier. Um sie zu befriedigen, bedarf es der Fantasie. Es ist völlig egal, ob ich jetzt den David aus einem fünf Meter großen Marmorblock meißeln oder mit einer 100 Meter großen Rakete zum Mond fliegen will. Eine jede Reise beginnt im Kopf.«

»Und wenn uns auf dieser Reise das Unerklärliche begegnet?«

Der Chronist blieb stehen und begann laut zu lachen.

»Dann lehnen Sie es nicht ab. Begrüßen Sie es, umarmen Sie es! Gerade Sie sollten wissen, dass es bisweilen das Unerklärliche ist, das uns die Erklärung näherbringt.«

Peter wurde das Paradoxe der Situation klar. Er versuchte, mit einem Produkt seiner Fantasie über Fantasie zu streiten.

»Sie finden die Situation absurd?«, fragte der Chronist unverblümt.

»Sie nicht?«, erwiderte Peter und fand, dass er ziemlich kaltblütig war.

»Überhaupt nicht. Das Problem ist, dass Sie noch immer nach einer logischen, einer wissenschaftlichen Erklärung suchen.«

»Aber wir leben nun mal in einer Welt, in der Logik und Wissenschaft die alleingültigen Währungen sind.«

»Ja, sehr zu meinem Leidwesen«, brummte der Chronist missmutig.

Wieder schwiegen sie. Die Stimmung schien zu kippen. Das war an sich nichts Ungewöhnliches. Peter hatte es bei seinen merkwürdigen Begegnungen immer wieder erlebt, dass seine Gegenüber streitlustig, hochfahrend, ja manchmal sogar beleidigend waren. Doch irgendetwas an dieser Begegnung war anders. Sie war persönlicher, intimer, und er hatte zu dem älteren Mann eine Art von Zuneigung gefasst, wie er sie bislang noch nie verspürt hatte. Bewunderung und Ehrfurcht hatten ihn oft begleitet, das ein oder andere Mal auch eine gewisse Abneigung, auch Dankbarkeit hatte er schon empfunden, doch eine solche Art der Sympathie und des Verstehens noch nicht.

»Nun, ich wollte Sie nicht …«, begann Peter vorsichtig.

»Erzürnen? Oh nein, das haben Sie nicht getan. Sie haben ein wenig Zeit zum Nachdenken gebraucht. Das respektiere ich voll und ganz. Ich finde unseren gemeinsamen Spaziergang überaus anregend, müssen Sie wissen.«

»Oh, vielen Dank. Die Freude ist ganz meinerseits. Aber ich habe gedacht …«

»Lieber Freund, denken Sie weniger und fühlen Sie mehr. Das macht das Leben bisweilen einfacher.«

Wieder hatten sie die Elbe überquert und waren schließlich vor dem Buchladen angekommen, an dem sie sich vor mehr als einer Stunde getroffen hatten.

»Sie erinnern mich an Konrad«, sagte der Chronist.

»Wer ist Konrad?«, fragte Peter.

Der Chronist deutete in das Schaufenster auf das Buch mit dem rollschuhfahrenden Pferd.

»Konrad war ein Junge wie Sie. Gut in der Wissenschaft, aber mit den Geheimnissen der Fantasie wenig vertraut. Er soll für die Schule einen Aufsatz über die Südsee schreiben und droht daran zu scheitern. Da trifft er hier in Dresden auf das rollschuhfahrende Pferd Negro Kaballo. Mit ihm und seinem Onkel, dem Apotheker Ringelhuth, reitet Konrad in die Südsee.«

»Eine verrückte Geschichte.«

»Finden Sie? Warten Sie einen Moment.«

Der Chronist öffnete die Tür, die das mit einem altmodischen Klingeln quittierte. Ein paar Minuten später stand er wieder da und reichte Peter das Buch: »Der 35. Mai«.

»Vielleicht wird es Ihnen ja weiterhelfen – und wenn nicht, dann haben Sie ein schönes Souvenir aus Dresden. Es hält auf jeden Fall länger als unser berühmter Stollen.«

»Oh, vielen Dank, das wäre doch nicht ...«, stammelte Peter.

»Doch, doch, das war notwendig. Denken Sie daran, die meisten Menschen legen ihre Kindheit ab wie einen alten Hut. Vielleicht finden Sie ja den Hut wieder. Ich darf mich empfehlen.«

Er nickte freundlich, drehte sich um und ging.

Peter schlug das Buch auf. Er fand auf der ersten Seite eine handschriftliche Widmung:

»Denken Sie immer daran, mein lieber Freund: Eine jede Kunst braucht Fantasie! Ihr Erich Kästner, Chronist.«

DER THRON MUSS WEICHEN

Hatte der Chronist recht gehabt? Sollte er es alles nur hinnehmen? Zum ersten Mal hatte er einen echten, greifbaren Beweis in der Hand, dass seine Begegnungen keine neurologische Abnormität waren, keine Hirngespinste und keine Ausgeburten eines gestörten Geistes. Das Buch bewies es. Es bewies, dass er kein Schwindler war – oder bewies es gerade das? Was, wenn er genau diesen Beweis mit dem Buch antreten wollte, für das es keinerlei rationale Erklärung gab? Fast keine rationale Erklärung. Eine einzige würde es geben: Betrug! Was blieb Peter dann anderes übrig, als es einfach hinzunehmen? Im Grunde war es das Gleiche wie mit dem Grinderman. Eine Zeitreise zurück zur Schöpfung konnte es nicht geben, weil es nicht möglich war, in der Zeit zu reisen. Aber der Grinderman hatte etwas gesehen, was er nicht gesehen haben konnte – und dann auch noch durch eine selbstgeschliffene Linse. Noch einmal schlug Peter das Buch auf. Da stand sie noch, die Widmung. Die Tinte war ja kaum trocken. Eine Widmung für ihn und eine Linse für den Grinderman! Ihm schien es, als seien es die beiden Seiten einer Medaille.

Er kehrte in sein Hotel zurück. In Gedanken verloren öffnete er seine Tür, und schlagartig waren all diese Gedanken aus seinem Kopf verschwunden. Sein Zimmer war durchwühlt worden! Er fühlte sich wie in einem schlechten Film. Nur langsam tastete er sich in den Raum. Sein Rollkoffer war aufgerissen. Die Schublade des Schreibtisches stand offen, ebenso der Kleiderschrank und die Minibar. Sein Laptop, sein Tablet! Beides war da. Seine Unterlagen jedoch waren auf dem Boden verstreut. Auch der gefaxte zweite Brief des Grinderman lag dabei. Peter versuchte sich zu sammeln. Schließlich ging er es systematisch an. Als er sich einen Überblick verschafft hatte, war ihm klar: Es fehlte nichts.

Er ließ sich auf den Schreibtischstuhl fallen. Was war das? Wer war bei ihm eingebrochen? Was hatte er gesucht? Was sollte der Akt des Vandalismus? Ein Gedanke kam in ihm auf. Hatte der Einbruch etwas mit Suzanne zu tun? In diesem Moment klingelte das Telefon.

»Peter, bist du es?«, hörte er eine vertraute Stimme.

»Suzanne, wo bist du? Ich habe mir Sorgen gemacht.«

»Mir geht es gut.«

»Sag mir, wo du steckst, ich hole dich ab.«

»Nein, das geht nicht. Ich kann dir nicht sagen, wo ich bin ... Ich ...«

»Aber warum rufst du dann an?«

»Ich wollte nicht, dass du dir Sorgen machst.«

»Sorgen? Du bist gut. Ich hatte schon gefürchtet, du wärst im Gefängnis gelandet. Aber dann habe ich gehört, dass du mir nichts, dir nichts ausgecheckt hast.«

»Peter, es ist wichtig, ich muss dir etwas sagen: Du bist in Gefahr.«

»Du weißt von dem Einbruch?«, fragte er entgeistert.

»Welcher Einbruch?« Ihre Reaktion ließ Peter darauf schließen, dass sie in der Tat keine Ahnung davon hatte, was hier vorgefallen war.

»Mein Zimmer ist verwüstet worden. Ich werde erst mal die Hotelleitung und dann die Polizei informieren müssen.«

»Was fehlt?«, fragte sie fast panisch, was Peter irritierte.

»Das ist es ja, nichts. Es ist nur alles durchwühlt. Trotzdem muss ich das wohl anzeigen.«

»Tu das nicht, Peter, es könnte ein großer Fehler sein.«

»Was meinst du, und warum bin ich in Gefahr?«

»Ich kann es dir nicht erklären, jetzt noch nicht. Die, die hinter mir her sind, sind mächtig.«

»Dann geh zur Polizei!«

»Die kann mich nicht schützen, genauso wenig wie dich. Im Gegenteil. Sie stecken alle unter einer Decke. Glaub mir!«

»Hat das etwas mit deinem Auftritt zu tun?«, fragte er.

»Ja … Nein … Ach, es ist kompliziert.«

»Dann erklär es mir.«

»Bitte, Peter, such nicht weiter nach mir. Es ist gefährlich. Pack deine Sachen und nimm den nächsten Flug nach Hause!«

»Das werde ich sicher nicht tun. Ich habe einen Auftrag, wie du weißt. Ich kann bestenfalls zurück nach Holland.«

»Dort werden sie dich finden. Du musst wieder in die Staaten.« Sie schien mit sich zu kämpfen. Schließlich sagte sie mit fester Stimme: »Wenn du mir versprichst, zurückzufliegen, dann werde ich dir etwas sagen, das sonst niemand weiß. Dann kommst du nicht mit leeren Händen heim.«

»Du weißt etwas über den Grinderman?«, fragte er verblüfft.

Sie schien noch immer mit sich zu kämpfen. Dann fasste sie sich ein Herz.

»Ja, die Briefe – ich habe sie alle. Sie stammen aus dem Nachlass meines Vaters. Ich habe sie anonym bei Chroseby angeboten.«

»Aber, aber …«, stammelte Peter.

Suzanne wurde hektisch.

»Ich muss aufhören, sofort. Pass auf dich auf.«

»Warte!«, rief er ins Telefon – doch die Verbindung war unterbrochen. Fassungslos starrte er auf das Telefon in seiner Hand.

Es dauerte einige Minuten, bis er sich wieder gesammelt hatte. Gefahr? Von wem? Warum hier? Und warum hatte Suzanne die Briefe? Da wurde ihm eines schlagartig klar: Er war in Dresden nicht auf der falschen Spur, sondern auf der richtigen. Der Grinderman hatte etwas mit Vermeer zu tun, Christina Hermlin und Suzanne hatten etwas mit den Briefen von Grinderman und mit Vermeer zu tun. Voilà – der Kreis war geschlossen. Jetzt musste er nur noch herausbekommen, wer mit wem wie zusammenhing. Doch genau das schien nicht so ganz ungefährlich zu sein, wie Suzanne hatte durchblicken lassen.

Suzanne hatte behauptet, dass Christina Hermlin schon 1979, zehn Jahre vor dem Fall der Berliner Mauer, den Cupido entdeckt habe und dafür mundtot gemacht worden sei. Wer konnte daran ein Interesse haben? Mundtot, so viel war Peter klar, konnte nur heißen, dass sie Ärger mit der Stasi bekommen hatte. Aber das war jetzt 40 Jahre her, und die Stasi war vor 30 Jahren aufgelöst worden. Er fluchte leise vor sich hin. Wenn er nur jemanden kennen würde, jemanden, der ihm von der DDR und der Stasi und alldem erzählen könnte …

Plötzlich sah er vor seinem inneren Auge ein Bild kurz aufblitzen: Es war ein weißes D auf rotem Grund. Das hatte er jetzt schon ein paarmal gesehen. Er wusste nur, dass es sich um den örtlichen Sportverein SG Dynamo handelte, und begann zu recherchieren.

***

Der alte Kowalski freute sich sichtlich, dass Peter noch einmal gekommen war.

»Wo haben Sie denn Ihre nette Begleitung gelassen?«, wollte er von Peter wissen.

»Oh, sie lässt Sie grüßen, aber sie hat furchtbar viel zu tun. Sie ist im Kunstgeschäft tätig«, erklärte Peter. »Ich bin ja eher so der sportliche Typ. Um ehrlich zu sein, ich bin sporthistorisch sehr interessiert. Und mir fiel ein, dass Sie ja ein großer Fan von SG Dynamo zu sein scheinen. Da dachte ich mir, ich frag Sie einfach mal ein wenig aus.«

»Für wen?«, fragte Kowalski misstrauisch.

»Für meinen Neffen.«

»Ihren … Neffen?«, fragte Kowalski verdutzt.

Peter schüttelte betrübt den Kopf.

»Ich weiß nicht, woher der kleine Racker das hat. Football ist ihm egal, Baseball interessiert ihn nicht, er macht sich nichts aus Basketball, und Eishockey findet er langweilig. Er ist ein großer Fußballfan, und er liebt deutsche Vereine. Na ja, besser so, als wenn er Fan von den Jets wäre.«

»Bitte?«, fragte Kowalski verwirrt.

»Die New York Jets? Sagen Sie bloß, Sie kennen die größte Versagertruppe der NFL nicht? Die haben es seit einem Dutzend Jahren nicht mal mehr in die Play-offs geschafft. Giants, das ist bei uns Familientradition.«

»Ach so«, antwortete Kowalski ratlos. »Und Ihr Neffe hat es nicht so mit der Tradition.«

»So sind sie eben, die Jungs von heute. Ich dachte, ich bring ihm ein paar Geschichten mit, von so echten deutschen Fußballclubs.«

»Na gut, was wollen Sie wissen?«

»Wie gut ist Dynamo?«

Kowalski winkte ab.

»Die fetten Jahre sind vorbei. Wir sind nur noch zweite Liga. Aber früher, vor der Wende, da war das anders. Achtmal Meister, siebenmal Pokalsieger. Das waren Zeiten! Und wir wären noch öfter Meister geworden. Aber der olle Mielke hatte da was dagegen.«

»Wieso?«

»Sie wissen doch, der Mielke. Der Stasi-Chef. Sein Club war Dynamo Berlin.«

»Das versteh ich nicht? Entschuldigung, ich bin nur ein unwissender Ausländer, aber ich dachte, Dynamo Dresden sei auch ein … ein, äh, Stasi-Club gewesen.«

Kowalski brummte etwas Unverständliches, meinte dann aber: »Schon richtig. Aber wir waren halt Dresden und nicht Berlin. Im Grunde wurde in der Normannenstraße in Berlin bestimmt, wer Meister wird. Dass wir die Besseren waren, hat sich ja dann schnell gezeigt, als die Mauer fiel. Dynamo Berlin verschwand schnell von der Bildfläche, und wir haben noch vier Jahre in der Bundesliga gespielt.«

»Aber die Fans wussten das mit der Stasi damals nicht?«

Kowalski lachte laut auf.

»Jeder wusste das. War doch ganz einfach – nehmen wir mal den Matthias Sammer. Wenn sein Auto im Halteverbot stand, bekam er nie einen Strafzettel.«

»Weil jeder das Auto kannte?«, riet Peter.

»Nein, weil er immer seinen Stasi-Ausweis in die Windschutzscheibe legte.«

»Ach?«

»Ganz ehrlich, ist doch heute noch so. Wer einen Aufkleber vom SG Dynamo hinten drauf hat, bekommt ganz selten ein Knöllchen.«

»Heute noch?«

»Heute noch!«

»Ich dachte, die Stasi spielt keine Rolle mehr. Das ist doch 30 Jahre her.«

»Sowas vererbt sich …« Kowalski senkte die Stimme. »Sie werden nicht glauben, was es heute noch für Seilschaften gibt.«

»Und das im Fußball!«, rief Peter empört.

»Das ist nicht nur im Fußball so. Überall finden Sie die Brüder noch.«

»Und was wollen die?«

Kowalski zuckte ratlos mit den Schultern.

»Glauben Sie, ich wäre heute noch Hausmeister, wenn ich das wüsste?«

***

Sie hatten noch eine halbe Stunde geredet, und Peter hatte vieles gelernt. Vor allem wirkte es nun so, dass Suzanne wahrscheinlich nicht übertrieben hatte: Sie schien tatsächlich in Gefahr. Auch der Einbruch in Peters Hotelzimmer war wohl kein Einbruch gewesen, sondern eine unmissverständliche Warnung.

Er bezahlte den Taxifahrer und stieg aus. Unweit des Hoteleinganges stand ein Mann, der zu ihm herüberblickte. Irgendwo hatte ihn Peter schon einmal gesehen. Er wusste erst nicht so richtig, wo, doch dann fiel es ihm schlagartig ein: Es war der Mann, der sie während der Ausstellung beobachtet hatte. Als der Mann sah, dass Peter ihn entdeckt hatte, drehte er sich um und ging in Richtung Residenzschloss. Peter rannte über die Straße, um ihm zu folgen. Er sah ihn wieder, als er gerade an der Kasse eine Eintrittskarte für das Schloss löste. Peter lief hinterher, kramte nach Geld, doch als er sein Ticket in der Hand hatte, war der Mann schon verschwunden. Ziellos irrte er durch das prächtige Schloss, in dem einst die sächsischen Herrscher residiert hatten. Unter anderen Bedingungen hätte ihn das deutlich mehr interessiert. Doch wenn dieser Mann von der Stasi war, dann würde Peter ihn stellen und aus ihm herausbekommen, was er eigentlich von ihm wollte. Nach einigen Minuten Suche wurde Peter allerdings klar, dass er den Mann nur finden würde, wenn er auch gefunden werden wollte. Unsicher blickte er sich um und hatte plötzlich das ungute Gefühl, dass aus dem Jäger gerade ein Gejagter geworden war.

Peter betrat den prächtigen Thronsaal. Automatisch richtete sich sein Blick auf die gewaltigen Deckengemälde.

»Das sind keine Fresken. Die Gemälde sind auf Leinwand gemalt«, hörte er eine Stimme sagen. Peter drehte sich um.

Hinter einem Vorhang war der Stasi-Mann hervorgetreten. Er sprach völlig ungerührt weiter.

»August wollte nicht, dass die Gemälde beschädigt werden, wenn irgendetwas an der Decke, wie er es ausdrückte, ›demoliert‹ werden muss.«

»Was wollen Sie von mir?«, fragte Peter rundheraus.

Der Mann zuckte mit den Schultern.

»Wenn ich mich richtig entsinne, sind Sie mir gefolgt. Stünde die Frage nicht eher mir zu?«

»Aber bei der Ausstellung im Zwinger, da …«

»… kamen Sie auch auf mich zu, bis diese unglückselige Geschichte Sie von Ihrer Begleitung trennte.«

»Wer sind Sie?«

Der Mann hob die Schultern und meinte: »Urteilen Sie selbst.«

Er ging zur Stirnseite und deutete auf den Thron.

»Als der Vermeer nach Dresden kam, ließ August III., so will es die Legende, den Thron beiseiteschieben, um das Bild aufzuhängen. Die Kunst sei stärker als die Macht, meinte er. Und dann ließ er sein Volk ein, um diese Kunst zu bewundern. Wir müssen uns darüber im Klaren sein, was das bedeutete! Bis dahin war Kunst das Privileg Weniger gewesen. Museen, wie wir sie heute kennen, gab es nicht. August III. war der erste Monarch, der die Kunst dem Volk zugänglich machte. Und das in einer Zeit, in der überall der Absolutismus herrschte. Natürlich war auch August ein absolutistischer Monarch, der sogar den Sonnenkönig zu übertreffen suchte. Das ist ihm nie gelungen, mit eben dieser einen Ausnahme: die Kunst zu einer öffentlichen Angelegenheit zu machen. Er hat sie sozusagen demokratisiert. Und das hat, da werden Sie mir sicher recht geben, sehr viel mit Freiheit zu tun.«

»Vermeer als eine Chiffre für die Freiheit? Wollen Sie mir das damit sagen?«, fragte Peter misstrauisch. Der Mann wirkte harmlos. Er konnte sich nicht vorstellen, dass von ihm eine Gefahr ausgehen sollte. Für einen Moment überlegte Peter, ob der Unbekannte wieder eine seiner Erscheinungen war. Doch er schien ihm sehr real zu sein.

»Hm, ja, das ist schön ausgedrückt, das gefällt mir.« Der Mann kratzte sich am Kinn, fixierte Peter scharf und fuhr dann fort: »Wir haben also einen absoluten Herrscher, der mittels eines Bildes die Kunst demokratisiert und dem Volk damit ein Stück Freiheit schenkt. Dann, rund 250 Jahre später, haben wir eine Republik, die den Begriff ›demokratisch‹ im Namen führt, die aber panische Angst davor hat, den Bürgern auch nur die kleinsten Freiheiten zu gewähren. Diesen Widerspruch hat Christina Hermlin aufzudecken versucht. Und dafür ist sie im Gefängnis gelandet.«

»Ja, das hat Suzanne bei der Ausstellung angedeutet. Aber ich verstehe das alles nicht.«

»Weil Ihnen Suzanne Tulip nicht alles erzählt hat. Nun, vielleicht ist es Zeit, dass ich mich Ihnen vorstelle, Herr Falcon. Mein Name ist Roman Bürger, und nein, ich habe nie mit der Stasi zu tun gehabt – nun ja, zumindest nie so, wie Sie wohl denken. Natürlich wurde ich auch überwacht. Seit Mitte der 1990er-Jahre weiß ich auch, von wem. Ich sehe die Leute heute noch manchmal auf der Straße. Man grüßt sich sogar ab und zu und tut so, als ob nie etwas gewesen wäre. Es ist auch besser so, denn viele haben wieder

Einfluss gewonnen, sich neue Seilschaften geschaffen und andere Klüngel gebildet. Es ist schwierig.«

»Und was hat das alles mit Suzanne und Vermeer und was weiß ich zu tun?«, fragte Peter ungeduldig.

»Ich war Mitarbeiter von Christina Hermlin und habe sie damals auf dieser großartigen Reise durch die USA begleitet. Es war eine Sensation: Dresden zeigt seine Kunstschätze beim Klassenfeind! Das war 1979. *Coast to Coast*, wie man bei Ihnen so schön sagt. Mit dabei war natürlich auch das *Brieflesende Mädchen*. Wir vermuteten damals schon, dass hinter der Übermalung an der Wand noch etwas sein musste. Ein Kollege hatte 1965 schon mal Farbproben genommen. Eine Röntgenuntersuchung hätte Aufschluss geben können. Doch es gab damals in der ganzen DDR kein Röntgengerät, das für solch eine Untersuchung geeignet gewesen wäre. Wir kamen schließlich nach San Francisco. Dort lernten wir Robert Tulip kennen.«

Roman atmete tief durch und schloss konzentriert die Augen.

»Er und Christina – was soll ich sagen, da hat ganz schnell der Blitz eingeschlagen. Robert war Arzt und ein großer Kunstliebhaber, Nachkomme jenes Dr. Tulp, den Rembrandt einst gemalt hatte. Ich erinnere mich noch gut. Wir hatten uns an jenem Abend den Aufpassern der Stasi, die natürlich dabei waren, entziehen können und in eine Bar abgesetzt. Wir tranken eine Menge, und Christina erzählte von ihrem Problem. Robert, der Radiologe, wusste sofort, wo die Schwierigkeit lag. Christina beschwor ihn, das Bild in seinem Krankenhaus zu untersuchen. Doch er lehnte zu ihrer Enttäuschung ab. Das müsse schon ein Gerät sein, das sich für Gemälde eigne, ein medizinisches Röntgengerät komme dafür nicht infrage. Doch dann platzte er mit einer verwegenen Idee heraus: In Berkeley stehe genau der Apparat, den man für eine solche Untersuchung bräuchte. Wir beschlossen kurzerhand, das Bild nachts aus der Ausstellung zu entführen, es an der Universität zu untersuchen und morgens wieder zurückzubringen. Es hört sich verrückter an, als es war. Die Stasi-Leute hatten wir schnell ausgetrickst, und den amerikanischen Wachleuten banden wir einfach einen Bären auf. Für die waren wir sowieso die verrückten Kommunisten, mit denen man sich besser nicht anlegte, weil das sonst in einen Atomkrieg münden könnte. Und dann die Sensation! Ich weiß noch, wie mucksmäuschenstill wir drei plötzlich waren, als wir den Cupido sahen. Christina war außer sich. Das müsse sofort veröffentlicht werden, rief sie. Doch mir war klar, dass das sie und mich und alle, die mitgereist waren, in große Schwierigkeiten bringen könnte. Sie müssen sich vorstellen, was passiert wäre, wenn das bekannt geworden wäre. Eine Entdeckung von solcher Tragweite mit der Technik des Klassenfeindes? Nein, das war undenkbar. Doch für Christina war es ebenso undenkbar, ihre Entdeckung geheim zu halten. Wir reisten also zurück und versuchten es zunächst auf dem üblichen Dienstweg, immer in der Hoffnung, Zugang zu einem geeigneten Röntgengerät zu bekommen. Tatsächlich gab es solche Apparaturen auch in der DDR. Die standen allerdings unter der Kontrolle des MfS und waren streng geheim. Sie können sich sicher denken, warum. Doch einfach zu schweigen war nicht Christinas Sache. Schließlich veröffentlichte sie eine Denkschrift – geradezu ein Manifest für die Freiheit. Für die Freiheit der Kunst und die Freiheit der Menschen.«

Peter dachte kurz über seine eigene Freiheit nach. Wieso hatte er es nie verstanden, diese in den Dienst der Kunst zu stellen, die ihm doch so viel sagte? Offensichtlich hatte es diese Frau in einer viel schwierigeren Lage geschafft …

»Bestimmt sah sie auch ihr eigenes Schicksal. Sie war verliebt in Robert Tulip und konnte ihre Liebe nicht realisieren. Später wurde sie verhaftet. Natürlich kam der ganze Krimskrams, von wegen Zusammenarbeit mit dem Klassenfeind und so weiter und so fort. Aber man warf ihr auch Diebstahl von Nationalem Kulturgut vor, also von Volkseigentum. Vier Jahre in Bautzen II brachte ihr das alles ein. Sie müssen wissen, das war kein normales Gefängnis. Es unterstand direkt dem MfS, hier kamen nur die ganz besonderen Häftlinge hin. Es war das einzige Gefängnis in der DDR, wo sowohl Männer als auch Frauen eingesperrt wurden. Im Grunde hatte sie noch Glück im Unglück, denn ab 1978 wurden die Haftbedingungen erheblich leichter, weil seither auch diplomatische Vertreter des Westens ins Gefängnis durften. In Bautzen II saßen zum Beispiel auch Westbürger ein.«

»Und Sie? Sie waren doch auch in den USA dabei? Ist Ihnen nichts passiert?«

Roman Bürger lachte leise.

»Nein, ich ließ mich ja als inoffizieller Mitarbeiter der Stasi anwerben.«

»Was, Sie haben für die gearbeitet?«, rief Peter entsetzt.

»Aber ja, das war sogar Christinas Idee.«

»Das verstehe ich nicht.«

»Sehen Sie, Christina war es klar, wohin das alles führen könnte. Ich sollte ihr Kontakt zur Außenwelt sein, falls sie verhaftet wurde. Ohne Verpflichtungserklärung als IM hätte ich niemals eine Besuchserlaubnis bekommen. Für den Fall der Fälle verabredeten wir Codes, mit denen wir uns unterhielten. So konnte ich für sie auch Briefe an Robert heraus- oder welche von ihm hineinschmuggeln. Das Gefängnis war ein Hochsicherheitstrakt. Wanzen, Videoanlagen, die hatten alles. Und wissen Sie, was das Tollste war? Sie hatten dort später dann auch genau diese Röntgengeräte, mit denen wir den Vermeer hätten untersuchen können. Ist das nicht der Treppenwitz der Weltgeschichte? Wir dachten, wir hätten dem Regime ein Schnippchen geschlagen. Aber irgendwann kriegten sie einen immer. Am Ende haben sie mich doch erwischt, als ich einen Brief rausschmuggelte. Es hat mich damals auch nicht wirklich überrascht. Ich kam noch einigermaßen glimpflich davon. Sie versetzten mich nach Schwerin, also so weit weg, wie es eben ging. Ich wurde ständig überwacht, und an eine Kontaktaufnahme war nicht mehr zu denken. Meine berufliche Laufbahn … Nun ja, sie war im Grunde zu Ende. Meine Hoffnungen, nach der Wende wieder von vorne anzufangen, zerschlugen sich schnell, denn es dauerte nicht lange, da wurde ich als IM enttarnt. Ich saß damit praktisch zwischen allen Stühlen.«

Er schaute kurz aus dem Fenster, und Peter vernahm einen Hauch von Melancholie in seinem Gesicht.

»Nach dem Mauerfall habe ich Christina dann wiedergetroffen. Sie war eine gebrochene Frau. All ihre Versuche, in ihrem Beruf wieder Fuß zu fassen, scheiterten. Schlimmer noch, sie musste feststellen, dass all die lieben Kollegen, die damals geholfen hatten, sie zu Fall zu bringen, jetzt plötzlich wieder an einflussreichen Stellen saßen. Sie versuchte auch, mit Robert wieder Kontakt aufzunehmen, doch auch das scheiterte. Sie war am Ende eben doch nur eines von den vielen, vielen traurigen Schicksalen, die die DDR produziert hatte.«

»Und wie hat Suzanne von all dem erfahren?«

»Ich nehme an, sie hat die Briefe im Nachlass ihres Vaters entdeckt. Sie schrieb auch mir, dass sie nach Dresden zu der Vermeer-Ausstellung kommen wolle. Aber ich muss gestehen, ich war da vielleicht etwas übervorsichtig. Denn es gibt da noch etwas, ein Geheimnis, das mir Christina nie anvertrauen wollte und von dem sie glaubte, dass es für die alten Stasi-Seilschaften noch von großem Interesse sein könnte.«

»Die Grinderman-Briefe!«, rief Peter aus.

Roman Bürger zuckte mit den Schultern.

»Wenn Sie das sagen ...«

»Es kann nichts anderes sein. Aber woher sollte die Stasi das wissen?«

»Ich habe Ihnen doch gesagt, wie die technisch ausgestattet waren. Vielleicht haben sie beim Röntgen etwas entdeckt, ich weiß es nicht.«

»Gibt es vielleicht noch einen von denen, den Sie kennen? Jemand, der in Bautzen gearbeitet hat. Wenn Sie so oft dort waren, dann ...«

Bürger kratzte sich am Kinn.

»In der Tat. Vielleicht kann Ihnen Wolf Jahn weiterhelfen.«

»Wer ist Wolf Jahn?«, wollte Peter wissen.

»Ich habe, wie soll ich sagen ... ein ambivalentes Verhältnis zu ihm. Er hat mich damals auffliegen lassen. Andererseits hat er mit seiner Aussage dafür gesorgt, dass ich nicht auch in Bautzen gelandet bin. Erzählte was von jung und verliebt und dass ich ideologisch verführt worden sei und dass mir Luftveränderung gut täte, sprich: ab mit dem jungen Kerl an die Ostsee. Er lebt in Freiberg, hat später an der Bergakademie gearbeitet. Inzwischen ist er längst Rentner. Ich schreib Ihnen die Adresse der Bergakademie auf.«

Er kritzelte etwas auf ein kleines Stück Papier und reichte es Peter.

»Sagen Sie ihm ruhig, Sie kommen von mir. Aber seien Sie vorsichtig. Er mag vielleicht ein alter Mann sein, und er ist sicher auch sehr höflich. Aber er hat noch Kontakte, und von denen will keiner, dass heute ans Licht kommt, was wir damals entdeckt haben – und erzählen Sie erst recht nichts von diesen seltsamen Briefen.«

BERGGESCHICHTEN

Er starrte wie gebannt auf die bronzene Büste, die ihn geradezu magisch anzog. Etwa eine Stunde war er mit dem Nahverkehrszug von Dresden unterwegs gewesen. Statt sich sofort vom Bahnhof auf den Weg zur Bergakademie zu machen, zog er einen kleinen Spaziergang vor, der ihn schließlich auf den Uferweg zu jener Büste geführt hatte. Dieses Mal spürte er nicht nur, was mit ihm geschah, er wusste auch genau, wer nun erscheinen würde.

Der Mann trug einen hohen Zylinder und einen Gehrock. Frühes 19. Jahrhundert, wie Peter sofort erkannte. Er nickte dem Mann zu und sagte leise: »Herr von Humboldt, wie ich annehme.«

Sein Gegenüber hob höflich den Zylinder.

»Ein ausgesprochen schöner Tag. Ich freue mich stets, Reisende zu treffen, vor allem, wenn sie von so weit herkommen. Ich hatte selbst die Möglichkeit, die Vereinigten Staaten von Amerika zu besuchen. Ich weiß nicht, ob Ihnen das bewusst ist: 1804 wurde mir die große Ehre zuteil, drei Wochen Gast Ihres Präsidenten Thomas Jefferson zu sein. Ein bemerkenswerter Mann, wenngleich es mich irritierte, dass ein freier Geist wie er so viele Sklaven besaß. Immerhin war er sich des Widerspruchs bewusst. Er sagte mir, mit der Sklaverei verhalte es sich wie mit einem Wolf, den man an den Ohren festhalte: Man würde ja gerne loslassen, habe dann aber Angst, gefressen zu werden.«

Er lachte leise in sich hinein.

»Aber ich bin mir sicher, dass Sie nicht den ganzen Weg von den USA bis nach Sachsen gereist sind, um von mir Widersprüchliches über einen Ihrer verehrten Gründerväter zu erfahren.«

»Offen gestanden nicht, aber ich bin mir nicht sicher, ob gerade Sie mir weiterhelfen können.«

Humboldt hob überrascht die Augenbrauen.

»Oh? Wissen Sie nicht, mein lieber Peter, dass jeder, dem Sie begegnen, Ihnen auf die ein oder andere Art immer weiterhelfen wird? Aber erwarten Sie nicht von mir oder anderen, mit denen Sie auf diese höchst ungewöhnliche Art kommunizieren, auf alle Fragen eine klare und eindeutige Antwort. Das können wir nicht, keiner von uns. Doch was uns gegeben ist, ist die Möglichkeit, Ihren Geist zu stimulieren, Ihre Fantasie anzuregen.«

Peter schaute bekümmert drein.

»Ich verehre Sie sehr – auch in meinem Land sind Sie noch heute bekannt. Natürlich schätzt Sie jeder als großen Naturwissenschaftler. Aber ob mir Ihre Expeditionen in den Amazonas oder die Besteigung des Chimborazo weiterhelfen, wage ich doch zu bezweifeln.«

»Ich weiß, Sie suchen nach der Verbindung zwischen Kunst und Wissenschaft. Einen bescheidenen Beitrag mag ich vielleicht dadurch leisten, dass ich Ihnen vom hiesigen Bergbau berichte.«

»Da bin ich aber gespannt.«

»Sehen Sie, viele Farben, mit denen die großen Meister gemalt haben, haben hier ihren Ursprung. Nehmen wir zum Beispiel Kobalt, das in deutschen Mittelgebirgen wie dem Schwarzwald oder eben auch hier im Erzgebirge gewonnen wurde. Diese Stadt hier etwa hatte ihren Wohlstand unter anderem dem Malern in den Niederlanden zu verdanken. Und nicht nur den Malern! Denken Sie an Leeuwenhoek und seine prächtigen Linsen. Die benötigten das Quarz, das hier geschürft wurde. Ohne Quarz keine Linsen. Ohne die Entwicklung seiner Mikroskope oder Hans Lipperhey mit dem ersten Fernrohr wäre ich auf meinen Reisen ganz schön aufgeschmissen gewesen, wenn Sie mir die flapsige Ausdrucksweise verzeihen.«

»Die gemeinsamen Quellen von Kunst und Wissenschaft, ja, darüber habe ich mich kürzlich erst unterhalten.«

»Aber ja, nur ging es da wohl eher um die intellektuellen Grundlagen. Ich meine das jetzt ganz praktisch. Bilder von Rembrandt oder Vermeer, optische Geräte von Leeuwenhoek oder Lipperhey waren nur möglich, weil Bergleute hier Erze und Mineralien aus dem Boden holten. Und nun versetzen Sie sich mal einen Augenblick ins Jahr 1650: Ein Bergmann schlägt in einem Stollen Erz aus der Wand und füllt damit eine Lore. Sie kommt ans Tageslicht. Nun wird das Gestein sortiert. Man findet Feldspat, Kobalt, Kalk, Quarz und vielleicht ein wenig Silber. Es wird aufbereitet und steht zum Verkauf. Ein Händler aus Holland kauft nun ein Säckchen Kobalt und ein Säckchen reinen Quarz. Er packt alles auf sein Fuhrwerk und ist damit nun Wochen unterwegs, bei Regen und Sonnenschein, vielleicht muss er sich Räubern erwehren. An jeder Grenze eines noch so kleinen Fürstentums muss er Zoll entrichten. Am Ende erreicht unser Händler an einem schönen Sommertag den Markt in Delft. Dort bietet er seine Waren feil. An seinen Stand kommen zwei junge Männer, die sich vielleicht gerade noch über die letzten Magistratswahlen unterhalten. Der eine findet den schönen Quarz, der andere das wunderbare Kobalt, auf das er schon so lange gewartet hat. Und gemeinsam gehen sie, ins Gespräch vertieft, zurück in die Voldersgracht und verabschieden sich dann.«

»Vermeer und Leeuwenhoek«, flüsterte Peter.

»Eine faszinierende Vorstellung, oder?«

»Aber wie ...«

»Die Reise, mein Freund, die Reise. Dass beide Material aus Freiberg verwendet haben, ist zwar ein schöner Gedanke. Was uns aber bei diesem, nennen wir es Gleichnis, fasziniert, ist die Reise, die die beiden Säckchen unternommen haben. Das wäre eine Geschichte, die es wert wäre, niedergeschrieben zu werden.«

»Ich verstehe nicht ganz, was Sie mir damit sagen wollen.« Humboldt schien ungeduldig zu werden.

»Ich meine, dass Sie Ihre Suche vielleicht falsch angehen. Sie suchen nach wissenschaftlichen Hinweisen, nach Querverbindungen. Machen Sie es anders! Suchen Sie nach Geschichten. Ihnen sind sicher meine Freunde Jakob und Wilhelm Grimm bekannt?«

»Die mit den Märchen?«, fragte Peter verwirrt.

»Genau die. Praktisch alle Märchen, so fantastisch sie auch scheinen, haben irgendwo einen wahren Kern. Probieren Sie es. Schürfen Sie tief, mein Freund.«

»Wo soll ich denn schürfen?«, fragte Peter verzweifelt.

»Hm«, meinte Humboldt und kratzte sich am Hinterkopf. »Vielleicht suchen Sie mal nach deutschen Novellen aus dem 19. Jahrhundert – Fontane, Storm, Mörike, Droste-Hülshoff, Kleist, Brentano. Irgendwo werden Sie schon fündig werden.«

Alexander von Humboldt hob seinen Zylinder höflich und verabschiedete sich.

***

Es war überraschend einfach gewesen, an die Adresse von Wolf Jahn zu kommen. Peter hatte in der Bergakademie nachgefragt und auf die Frage, ob er ein ehemaliger Student sei, nur genickt. Der Pförtner hatte Wolfs Adresse auf ein Stück Papier gekritzelt und es an Peter weitergereicht. Nun stand er vor einem schlichten Reihenhaus. Er klingelte. Eine Frau mittleren Alters öffnete. Im Hintergrund war lautes Kindergeschrei zu hören.

»Guten Tag, mein Name ist Peter Falcon. Könnte ich bitte mit Herrn Wolf Jahn sprechen?«

Sie drehte sich um und rief: »Papa, Besuch für dich! Und ihr Racker seid jetzt mal leise … Bitte entschuldigen Sie«, wandte sie sich wieder Peter zu, »aber wenn die Kleinen bei ihrem Großvater sind, dann geraten sie immer außer Rand und Band.«

Ein älterer Herr mit schlohweißen Haaren kam langsam zur Tür. Er ging am Stock und schien ziemlich gebrechlich.

»Ja, bitte?«

»Ich bin Peter Falcon.«

»Ah, der Amerikaner, ich weiß schon.«

»Woher …?«, fragte Peter verblüfft und starrte Jahn an. Doch der kniff nur die Augen zusammen.

»Glauben Sie allen Ernstes, wir hätten Sie nicht bemerkt? Gegen Sie und Ihre Freundin ist ein Elefant im Porzellanladen von wohltuender Diskretion. Fahren wir.«

»Wohin?«, wollte Peter wissen. Das Herz schlug ihm plötzlich bis zum Hals.

»Zu den Antworten, Sie Aushilfs-James-Bond.«

Der Alte drehte sich noch einmal um.

»Silke, ich bin dann mal weg. Zum Abendbrot bin ich wieder da.«

»Aber die Kinder …«

»Sag ihnen, dass das Leben kein Ponyhof ist. Ich komme ja bald wieder.«

Er schob Peter aus der Tür, die er mit einem lauten Knall zuschlug. Dann zerrte er ihn zu einem Carport, unter dem ein recht neuer SUV stand.

»Einsteigen«, kommandierte er.

Peter folgte dem Befehl und setzte sich in den Wagen. Seine Gedanken rasten. Was, wenn der Alte ihn nun beseitigen wollte, wenn er mit ihm irgendwo in den Wald fahren würde, um ihn dann abzuknallen? Der Mann war alt und gebrechlich. Er sollte eigentlich mit ihm fertigwerden – aber als alter Stasi-Mann hatte er sicher einige Tricks auf Lager.

Jahn fuhr rückwärts aus dem Grundstück und gab dann Gas. Peter musste schlucken. Solch einen sportlichen Fahrstil hatte er dem Alten nicht zugetraut. Sie kamen aus der Stadt auf die Bundesstraße 101, und nun drückte Jahn erst recht aufs Tempo. Die Tachonadel zeigte bald 140 an, und

Peter fragte sich, ob der Alte es einfach auf einen finalen Unfall abgesehen hatte.

Endlich begann er zu reden.

»Eigentlich wollte ich mit der Vergangenheit nichts mehr zu tun haben, aber dann tauchten die Briefe auf. Und die Show, die Ihre Freundin im Zwinger abgezogen hat, das war die Krönung. Nach all den Jahren … Ich hätte es mir denken können. Mir war klar, dass die Freilegung des Gemäldes Ärger bringen würde. Aber mir wollte ja keiner glauben. Und jetzt ist es passiert! Man soll keine schlafenden Hunde wecken, hab ich damals gesagt. Aber da kann man sich ja den Mund fusselig reden. Nun gut, dann soll es so sein. Ich bring das heute zu Ende – und zwar endgültig.«

Peter wurde eiskalt.

Die Straße führte durch ausgedehnte Felder, Alleen und kleine Wälder. Selbst in den kleinen Dörfern, die an ihnen geradezu vorbeiflogen, ging Jahn kaum vom Gas. Einmal blitzte es.

»Ist jetzt auch egal«, brummte der Alte.

Nach etwa einer halben Stunde führte die Straße in ein tiefes Waldgebiet. Peters Hände schwitzten, und sein Puls dürfte wohl etwa so hoch gewesen sein, wie die Tachonadel Stundenkilometer anzeigte. Jeden Moment würde Jahn abbremsen und auf einen Waldweg abbiegen, dann immer tiefer in den Wald fahren und ihm befehlen, auszusteigen, und dann … Peter schloss die Augen. Sollte sein Leben tatsächlich hier im sächsischen Nirgendwo enden?

Der Wagen wurde langsamer und bog nicht in den Wald ab. Was Peter nun sah, überraschte ihn, und er konnte sich erst keinen Reim darauf machen. Das Erste, was er sah, waren drei Türme, die eine verblüffende Ähnlichkeit mit buddhistischen Stupas hatten. Dann wurde ihm klar, dass es sich um Kamine einer uralten Industrieanlage handeln musste, die nur von wenigen Häusern umgeben war, aber sonst fast verlassen mitten im Wald lag.

»Bitte, wir sind da«, meinte Jahn, der den SUV mit einem Schwung auf den Parkplatz vor der Anlage lenkte. »Das Museum Kalkwerk.«

»Was sollen wir denn in einem Museum?«, fragte Peter verblüfft.

»Wollen Sie nun Antworten oder nicht?«, fragte Jahn ungeduldig zurück.

Er stieg aus und bedeutete Peter, ihm zu folgen. Sie gingen an die Kasse. Jahn schien hier gut bekannt zu sein, denn der Mann rief: »Glückauf, Jahn, lange nicht mehr gesehen.«

»Glückauf, Meier, wir müssen zum Förderturm.«

Der Angesprochene runzelte die Stirn.

»Du weißt aber schon, dass inzwischen alles rausgeschafft wurde?«

»Ich muss auf Sohle neun.«

»Eigentlich darf niemand mehr … Ach, was soll's, ich ruf bei Marquart an.«

Er griff zum Telefon.

»Glückauf Marquart, der Jahn kommt gleich rüber. Er hat noch jemanden dabei. Also, es ist so: Er will auf Sohle neun … Ich weiß, ich hab's ihm gesagt … Ja, aber es ist Jahn … Gut.«

Er legte wieder auf.

»Ihr könnt kommen.«

Ein paar Minuten später standen sie vor einem Förderkorb. Das alles sah eher vorsintflutlich aus. Die Anlagen schienen ziemlich verfallen zu sein, doch wie alt sie tatsächlich waren, konnte Peter nicht beurteilen.

»Setzen Sie den auf«, meinte Jahn und reichte Peter einen weißen Schutzhelm mit einer Lampe auf dem Stirnfeld. Wenigstens der Helm sah aus, als stamme er aus diesem Jahrhundert.

»Wie lange wollt ihr da unten bleiben?«, fragte der Mann, der offenbar den Förderkorb bediente.

»Ich denke, in einer halben Stunde ist alles erledigt. Fahr vorsichtig. Mein Gast hat so etwas noch nie gemacht, oder?« Er schaute Peter fragend an. Der schüttelte nur den Kopf. In seinem Hals saß ein dicker Kloß. Sie stiegen in den grün getünchten Förderkorb. Jahn, der zuvor eher barsch war, wurde redselig, als die Tür geschlossen wurde und der Korb mit einem Ruck anfuhr.

»In den Öfen, die Sie da draußen gesehen haben, wurde bis vor ein paar Jahren noch der feinste Kalk gebrannt. Aber das ist jetzt aus. Es lohne sich nicht mehr. Na ja, das ist hier ja schon alles ein paar Jahre alt. Dabei ist da unten noch viel Marmor zu finden, wirklich allerfeinste Qualität. Im Krieg haben die Nazis hier die ganzen Gemälde aus Dresden versteckt. Es war unglaublich, was hier gelagert wurde: Tizian, Rembrandt, Canaletto, und natürlich auch Ihr Vermeer. Kaum war der Krieg vorbei, haben die Russen alles mitgenommen. Einige Bilder wurden stark beschädigt – Tizians *Zinsgroschen* zum Beispiel. Elf Jahre später kamen die Bilder wieder zurück. Angeblich fehlen aber noch um die 40. Manche meinen, sie seien noch immer hier versteckt. Und jetzt werden die Stollen demnächst geflutet, dann sind die Bilder für immer verloren – wenn sie tatsächlich noch da sind. Aber das ist eine andere Geschichte.«

Mit einem Ruck blieb der Förderkorb stehen.

»Wir sind nun auf Sohle neun, 95 Meter tief. Aber machen Sie sich keine Sorgen, Sie sind hier sicher.«

Es war hier unten kalt und unangenehm feucht. Jahn schien das nichts auszumachen.

»Bleiben Sie dicht hinter mir. Das ist ein Labyrinth hier unten. Allein würden Sie nie wieder herauskommen.«

Sie verließen den großen breiten Gang und bogen in einen kleineren ab.

»Passen Sie auf, dass Sie nicht stolpern«, warnte Jahn und deutete auf die schmalen Lorenschienen zu ihren Füßen. Und wieder bog er ab. Sie waren etwa fünf Minuten unterwegs, und Peter hatte jegliche Orientierung verloren. Inzwischen gab es auch keine Schienen mehr. Endlich blieb Jahn stehen. An einer Wand war eine längst verloschene Lampe montiert. Mit einem Ruck zog Jahn sie ab. Er griff in das Loch darunter, zog einen ledernen Köcher heraus und drückte ihn Peter in die Hand.

»Öffnen Sie«, sagte er, und Peter entging nicht der leicht spöttische Unterton.

Peter zog die Kappe herunter und holte mehrere pergamentartige Bögen heraus. Als er sie auseinanderrollte, erkannte er sie sofort: die Briefe des Grinderman.

»Sie können sie haben«, meinte Jahn leichthin.

»Ich kann *was*?«

»Sie können sie mitnehmen.«

Aufgeregt ließ Peter ein Blatt nach dem anderen durch die Finger gleiten. Er erkannte den ersten, den zweiten und den dritten Brief. Schließlich kam er zu einem vierten, den er noch nie gesehen hatte.

Peter schaute Jahn mit großen Augen an.

»Sind die echt?«

Jahn schüttelte den Kopf.

»Gut gemacht, aber alles Fälschungen.«

»Woher wissen Sie das?«

Jahn lachte laut.

»Was glauben Sie denn, was für Mittel die Stasi hatte? Nein, nein, das sind alles sehr gut gemachte Fälschungen. Ein Franzose steckte dahinter. Ich glaube, er hieß Legros oder so ...«

Peter glaubte seinen Ohren nicht zu trauen. Er schüttelte ungläubig den Kopf.

»Legros? Marcel Legros?«

»Ja, richtig, so hieß er!« Nun war es an Jahn, überrascht zu sein. »Sie kennen ihn?«

»Allerdings, ich hatte mal mit ihm zu tun. Es ging um Fälschungen von Vincent van Gogh. Es war mein erster Fall, den ich für Chroseby übernommen hatte. Aber wie kam er dazu, solche Briefe anzufertigen?«

»Es war nicht seine Idee. So, wie es aussieht, hatte Robert Tulip die Briefe bei ihm in Auftrag gegeben. Sehr raffiniert! Natürlich hatte die Stasi Tulip unter die Lupe genommen, und das MfS wusste genau, was damals in San Francisco passiert ist. Es war absolut undenkbar, dass der Cupido mithilfe des Klassenfeindes entdeckt worden war. Deswegen musste Christina Hermlin mundtot gemacht werden.

Aber an Tulip kamen wir nicht ran. Wir wussten allerdings, dass er stillhalten würde, solange wir Christina Hermlin hatten.«

»Sie war sozusagen eine Geisel?«

»Voll erfasst. Auf der anderen Seite war uns klar, dass er versuchen würde, mit ihr in Kontakt zu bleiben.«

»Und das konnten Sie nicht zulassen?«

»Aber doch, natürlich, das wollten wir sogar.«

»Und warum haben Sie den Kontakt dann so erschwert?«

»Weil beiden klar war, dass ihr Briefkontakt überwacht werden würde. Also ließen wir sie etwas austüfteln, von dem sie glaubten, dass es absolut todsicher und nicht zu knacken war. Und da muss ich sagen, Hut ab vor Mr. Tulip. Der hätte bei uns sicherlich auch Karriere machen können. Er ersann diese historischen Briefe, die im Grunde alle chiffrierte Nachrichten enthielten. Für den Rest sorgte Ihr Freund, Monsieur Legros. Ich muss gestehen, es dauerte einige Zeit, bis wir dahinterkamen. Und als wir genug wussten, haben wir dem Spuk ein Ende gesetzt. Und um sicherzugehen, haben wir jemanden in Tulips direkter Nähe platziert.«

»Wie das?«

»Wissen Sie, was eine Romeo-Aktion ist?«

»Tulips zweite Frau.«

»Exakt«, sagte Jahn zufrieden.

»Ich verstehe. Und Suzanne glaubte, dass sich die Briefe im Besitz von Christina Hermlin befinden. Deshalb fuhr sie nach Dresden. Sie wollte die angeblichen Originalbriefe, von denen sie nur die Kopien besaß, um sie dann an Chroseby zu verkaufen.«

»So sieht es aus. Und nun verstehen Sie auch, warum ich Ihnen diesen Köcher gegeben habe.«

»Aber warum haben Sie das nicht gleich auffliegen lassen?«

Jahn schnaubte.

»Wäre es nach mir gegangen, hätten wir schon vor ein paar Jahren alles entweder veröffentlicht oder die Briefe still vernichtet, spätestens, als sie in Dresden mit der Freilegung begonnen hatten. Aber glauben Sie nur nicht, dass ich in diesem Spiel die Hauptperson bin. Es geht um ein Netzwerk, in dem sich viele die alte DDR zurückwünschen. Sie versuchen, etwas zu schützen, das schon längst nicht mehr da ist. Wenn das alles rauskommt, wird es einen Skandal geben. Ich will die alten Dinge endlich ruhen lassen. Aber mir ist klar geworden, dass sie nie ruhen werden, solange diese Dinger«, er deutete auf die Briefe, »hier unten im Berg versteckt sind. *Tabula rasa*, verstehen Sie?«

Peter nickte. Einerseits war er traurig, dass die Sache so endete, auf der anderen Seite fiel ihm eine Zentnerlast von den Schultern.

»Lassen Sie uns zurückgehen«, meinte Jahn.

Schweigend gingen sie durch die nasskalte Finsternis, die nur von den beiden Grubenlampen spärlich erleuchtet wurde, wieder zurück. Plötzlich fragte Peter: »Und Sie meinen, hier liegen wirklich noch 40 Bilder irgendwo versteckt?«

»Ein fesselnder Gedanke, nicht wahr?«

Sie gingen weiter.

»Wissen Sie, warum die Russen die Bilder so überraschend zurückgegeben haben?«, fragte Jahn.

»Keine Ahnung.«

»Sie hofften, Deutschland würde im Gegenzug Bilder zurückgeben, die in Russland geraubt worden waren. Aber das ist nie passiert.«

»Das ist ja unfair. Warum nicht?«

»Nun ja, einerseits war Kalter Krieg. Andererseits – ihr Amerikaner …«

»Was wollen Sie damit sagen?«

»Das war hier nicht das einzige Bergwerk, in dem Kunstschätze eingelagert waren. Drüben in Thüringen zum Beispiel gab es auch etliche Stollen, in denen Bilder versteckt wurden. Da waren allerdings die Amis die Ersten. Sie haben vielleicht von dem Film *Monuments Men* gehört?«

»Der von George Clooney, natürlich, den kenne ich.«

»Und wenn da geraubte Kunstschätze aus Russland untergebracht waren …«

»Ich verstehe«, meinte Peter nachdenklich.

Sie fuhren wieder nach oben.

Als sie aus dem Förderturm traten, blinzelte Peter ins Tageslicht. Was für eine erstaunliche Wendung die ganze Geschichte doch genommen hatte.

»Was werden Sie nun tun?«, fragte Jahn.

»Na was wohl? Ich reise nach Hause, bringe meiner Chefin die Briefe, und das war's.«

»Ich fahr Sie zum Bahnhof.«

DIE VENUS

Peter stand in seinem Hotelzimmer und sollte eigentlich packen. Stattdessen betrachtete er den Lederköcher mit den Briefen. Er hatte sich überlegt, ob er den vierten Brief noch lesen sollte, aber die Lust darauf war ihm vergangen. Gleich nach seiner Ankunft hatte er mit Giovanna telefoniert. Sie schien froh über den Ausgang.

»Gott sei Dank ist der Albtraum vorbei. Zeitweise schien das alles ein Desaster. Hat uns zwar einiges gekostet, aber – gute Arbeit, Peter! Ich könnte mich zu einem Bonus hinreißen lassen. Aber auf die Briefe bin ich doch gespannt. Legros, der alte Windhund, hat mal wieder saubere Arbeit geleistet, das muss man ihm lassen.«

Trotz Giovannas warmer Worte fühlte er sich leer. Und irgendetwas stimmte nicht. Warum hatten ihn seine Begegnungen dieses Mal in die Irre geführt? Immer wieder hatten sie ihm den richtigen Weg gewiesen. Wenn das nun nicht mehr stimmte, waren sie vielleicht doch nichts anderes als Hirngespinste. Er musste an Humboldts Worte denken: Peter solle tiefer schürfen. Hatte er damit das Bergwerk gemeint? Vielleicht. Aber was sollte der Hinweis auf die Literatur? Er konnte und wollte nicht die Novellen aller großen deutschen Dichter aus dem 19. Jahrhundert durchforsten.

Vor allem – was machte es für einen Sinn, wenn die Briefe doch Fälschungen waren? Doch wenn Humboldt recht hatte und es wirklich eine Novelle aus dem 19. Jahrhundert gab, konnten es keine Fälschungen sein. Es gab, das wurde Peter mit einem Mal klar, mindestens zwei Gründe, warum er jetzt nicht einfach aufgeben und nach Hause fliegen durfte. Diese Novelle könnte ein Hinweis darauf sein, dass hinter dem Brief mehr als eine raffinierte Fälschung steckte. Doch noch wichtiger war die Tatsache, dass die Existenz einer solchen Novelle beweisen würde, dass seine Begegnungen mehr waren als wiederkehrende Wahnvorstellungen. Kurz gesagt, sie würde belegen, dass Peter nicht verrückt war. Doch wie sollte er das herausbekommen?

Noch einmal rief er sich ins Gedächtnis, was Kästner und Humboldt zu ihm gesagt hatten. Wer könnte der Autor sein? Doch nichts brachte ihn der Erklärung näher. Er befragte auf seinem Tablet das Internet, ging die großen Namen, die Humboldt genannt hatte, durch, dann die Listen deutschsprachiger Novellen aus dem 19. Jahrhundert. Nichts! Er brauchte einen Literaturwissenschaftler, der ihm weiterhelfen konnte! Kästner hätte sicher einen gewusst. Ob er noch einmal zu der Buchhandlung gehen sollte?

Buchhandlung! Das war's!

Peter sprang in seine Schuhe, zog sich eine Jacke über und rannte los. Er wusste ganz genau, wohin er wollte.

Einige Minuten später stand er vor dem Ort, vor dem er Erich Kästner getroffen hatte. Er riss die Türe auf, die Glöckchen bimmelten, und er fühlte sich schon wieder um 100 Jahre in der Zeit zurückversetzt. Hinter dem altmodischen Ladentisch stand ein Mann mit schon sehr grauem lichtem Haar. Er trug eine beige Strickweste.

»Womit kann ich Ihnen helfen?«

»Führen Sie auch antiquarische Bücher?«

»Aber sicher, mein Herr, wir verfügen über eines der größten Antiquariate der Stadt. Sie suchen sicher nach einer frühen Ausgabe von Karl May, vielleicht auch Erich Kästner?«

»Nein, nein, es ist wohl ein unbekannter Autor aus dem 19. Jahrhundert. Seinen Namen kenne ich leider nicht.«

»Aber dann ist Ihnen sicher der Titel geläufig.«

Peter schüttelte nur verlegen den Kopf. Der Buchhändler zupfte sich nachdenklich am Ohr.

»Das wäre schon sehr hilfreich gewesen. Haben Sie denn sonst keinen Anhaltspunkt?«

Peter dachte nach.

»Vielleicht erscheint im Titel das Wort ›Grinderman‹, möglicherweise auch das Wort ›Delft‹?«

»Delft? Wie Delfter Kacheln?«

»Ja, genau.«

»Mal sehen, ob ich Ihnen da helfen kann. Wenn Sie einen Moment warten mögen …«

Er verschwand hinter einem schweren Samtvorhang. Nach einigen Minuten kehrte er zurück und hielt ein schmales braunes Büchlein in der Hand. Er reichte es Peter.

Peter nahm es fast ehrfürchtig in die Hand und wusste sofort, dass er einen Volltreffer gelandet hatte: *Grinderman oder der Linsenschleifer von Delft* war auf dem Titel zu lesen.

»Ich kann es Ihnen für 70 Euro überlassen«, sagte der Antiquar zögernd und erwartete offenbar, dass Peter handeln würde.

»Das ist mir jeden Cent wert.«
»Einen Moment, ich packe es Ihnen ein.«
»Nein, das ist nicht nötig, ich werde es gleich lesen.«
»Dann mache ich Ihnen die Rechnung fertig. Amerikaner, wie? Ich weise Ihnen sieben Prozent Mehrwertsteuer aus, die erhalten Sie am Flughafen zurück.«

Er machte sich an einer altmodischen Registrierkasse zu schaffen, schrieb unendlich langsam die Rechnung und reichte sie dem ungeduldigen Peter. Der zahlte und rannte los.

***

In seinem Hotelzimmer angekommen fiel sein Blick auf den Köcher, den er von Wolf Jahn bekommen hatte. Der vierte Brief. Nun war es so weit. Er zog ihn heraus und begann zu lesen.

11. Februar 1654

An die Mitglieder der Royal Society.

Vorab möchte ich Ihnen etwas erklären, um die Eindrücke meiner letzten Reise zu verdeutlichen.

Ich habe die Mythologie immer der Geschichte vorgezogen, weil die Geschichte aus Wahrheiten besteht, die schließlich zu Lügen werden, und die Mythologie aus Lügen, die schließlich zu Wahrheiten werden.
Und wenn ich das Glück habe, noch in meinen Gedanken zu leben, dann in einer mythologischen Form …

Mythologien aus Lügen, Gedanken, die schließlich Wahrheiten werden.

Die Worte trafen Peter ins Mark. War es das? Auch wenn die Briefe nur Fälschungen waren, so enthielten sie doch diese geistreichen Gedanken, diese detaillierten Beschreibungen von Erfindungen und Möglichkeiten. Hinter dem Geschriebenen steckte eine tiefere Wahrheit, ein tieferes Motiv, da war sich Peter nun sicher. Ging es um Enttäuschung, Liebe oder gar Verrat?

Peter ließ den Brief sinken. Er schaute auf seine Uhr. Es musste noch geöffnet haben. Dann zog er sich schnell die Schuhe an, streifte sich sein Jackett über und lief aus dem Hotel.

Kurz stoppte Peter und schaute nach oben. Der Nachmittag hüllte die Stadt in eine düstere Stimmung. Die Wolken hingen schwer am Himmel, und der Wind blies immer wieder Feuchtigkeit in Peters Gesicht. Er zog sein Jackett enger um sich und ging weiter. Die Straßen waren nass, doch Peter gab sich wenig Mühe, den Pfützen auszuweichen. Er hatte es eilig. Auf dem großen Platz spiegelte das Pflaster das trübe Licht des Himmels wider, während die Fassade des Museums sich in den nassen Oberflächen verzerrt darstellte.

Als er das Museum betrat, begrüßte ihn eine gespenstische Stille. Die wenigen Besucher, die sich dort noch aufhielten, huschten schattenhaft durch die Galerien, während das Echo ferner Stimmen in der Luft hing.

Mit dem Hinweis, dass das Museum in einer halben Stunde schließen werde, kaufte Peter ein Ticket und lief über die große Treppe hinauf in die erste Etage, um dort links in die Galerie abzubiegen.

Peter bewegte sich schnell über das polierte Holzparkett des Museums. Sein Herz schlug im Takt mit seinen Schritten, ein leises Trommeln in seiner Brust, das ihm bewusst machte, dass er lebte. Die Einsamkeit des Raumes verstärkte jedes Geräusch. Jeder Schritt, den er machte, erzeugte ein sanftes Klacken, das sich mit dem Knarren des Holzes vermischte. Es war, als ob das Museum selbst atmete, jedes Geräusch ein Teil seines lebendigen Wesens. Schließlich blieb er vor dem Gemälde *Brieflesendes Mädchen am offenen Fenster* stehen.

Peter wusste aus Erfahrung, dass man nichts erzwingen konnte. Er hielt inne. Aus seinem nassen Haar liefen Tropfen in seine Augen und ließen alles unscharf erscheinen. Tränengleich wischte er sich seine Augen frei.

Man sieht nur diese Frau, die ganz still und versunken in sich selbst liest. Was liest sie wohl? Das Gesicht der konzentriert Lesenden spiegelte sich im Fenster. Was bewegt diese Frau? Gefangen oder frei wie die Welt vor ihrem Fenster?

Peter wusste, dass man dieses Bild nicht so leicht betritt.

Er musste erst mal vorbei an diesem Vorhang! Und genau wie ein Meisterdieb sich auch einen exakten Plan davon macht, wie er zum Innersten des Schatzes vordringen kann, wurde Peter klar, dass das Geheimnis hinter dem Vorhang lag.

Und dann plötzlich stand Peter da, in dieser dunklen Kammer, und wurde zum Teil des Geschehens, wobei »Geschehen« wohl der falsche Begriff war, denn es passierte nichts. Es gab keine Handlung.

Peter stand in dieser dunklen Bildkammer. Im wahrsten Sinne Camera obscura, ein verdunkelter Raum, in den nur an einem Punkt Licht eingelassen wurde. Schatten sammelten sich in den Winkeln. Eine Wirklichkeitsillusion, die den Charakter des Verhüllten nicht ablegen wollte.

»Sie gehören zu jenen, die das Verborgene und Geheimnisvolle anzieht, nicht wahr? Darf ich mich kurz vorstellen: Man nennt mich die Sphinx von Delft. Wir sind uns vor einiger Zeit schon begegnet – ich freue mich, dass Sie nun bereit sind, wirklich zuzuhören.«

Der Mann war hinter dem Vorhang hervorgetreten.

»Sie fasziniert das Spiel von Mysterium und Realität, von Schatten und Licht – die beiden Extreme des Lebens. Nicht wahr?«

Peter kam der Satz bekannt vor.

»Schön, dass Sie den Weg endlich freiwillig zu mir gefunden haben. Ich warte hier hinter dem Vorhang schon einige Jahrhunderte …«

Peter wollte etwas sagen, aber der Mann winkte ab.

»Keine Angst, Sie sind nicht der Einzige, der den Weg hinter den Vorhang gefunden hat. Der, der die Täuschung erkannt hat.«

»Täuschung?«

»Ja, ich möchte Ihnen dazu eine kurze Geschichte erzählen. Und zwar von dem berühmten Duell zwischen Zeuxis und Parrhasius, das uns Plinius der Ältere vor zweitausend Jahren in seiner *Naturalis historia* erzählte. Dabei malte Zeuxis im Künstlerwettstreit mit Parrhasius so realistische Trauben, dass Vögel herbeiflogen, die an ihnen picken wollten. Daraufhin brachte Parrhasius ein Gemälde, auf dem ein leinener Vorhang zu sehen war. Als Zeuxis ungeduldig bat, diesen doch endlich beiseitezuschieben, damit er das Bild betrachten könnte, war es klar, dass Parrhasius gewonnen hatte. Er hatte es geschafft, Zeuxis zu täuschen. Der Vorhang war nämlich gemalt.«

»Alles Illusion.«

»Genau. Aber es geht nicht um die perfekte Täuschung, nicht bei Ihnen, sonst wären Sie nicht hier, verstehen Sie?«

Peter schüttelte den Kopf.

»Schauen Sie, bei meinem Kollegen Rembrandt malten seine Schüler ständig Münzen auf den Boden seines Ateliers, um zu sehen, ob sich der Meister danach bückt. In Ihrer Welt, in der Sie leben, gibt es Techniken, die noch perfekter verführen. Sie nennen es virtuelle Realität, künstliche Intelligenz oder Computerspiel. Sie täuschen, manipulieren und verführen. Hinter meinen Vorhang kann man nicht gehen, nur gedanklich. Er verführt nur zum Sehen, zum freien Sehen. Es geht um diese Kraft, die Sie besitzen, und deswegen sind Sie hier! Die Vorstellungskraft. Sie wird gestärkt, und man ist plötzlich in Gedanken auch in einer anderen Welt, so, wie die Lesende in einer anderen Welt ist.«

Der Mann zeigte zum *Brieflesenden Mädchen*.

»Hat der Grinderman uns getäuscht?«, fragte Peter.

»Hat er das wirklich? Oder wollte er uns einfach nur Räume öffnen, in denen wir uns frei bewegen können?«

»Wir schlieeeeeessssen!«, hallte es durch die Galerie.

***

Kurze Zeit später zog Peter die Chipkarte seines Hotelzimmers durch den Schlitz. Es piepte, und Peter war es so, als würde sich eine Schranke zu neuen Räumen, ja neuen Dimensionen öffnen. Er ließ sich auf sein Bett fallen und nahm den Brief des Grinderman vom Nachttisch.

Meine Linse erlaubte mir eine Reise zu den Göttern. Nein, nicht dem Himmel konnte ich einen Besuch abstatten, sondern vielmehr erlaubte mir die Linse einen Blick in den Moment, als die Götter vom Himmel zur Erde abstiegen. Ja, ich wurde Zeuge vom Augenblick der Ankunft, und dieser Gott war gar kein Mann, sondern eine Frau! Eine Göttin, stellen Sie sich vor: an Schönheit nicht zu übertreffen.

Der Ort ihrer Ankunft scheint nicht allzu fern. Nun will ich in allen Details davon berichten, was ich sah. Zunächst war da das Meer, rechts eine Küste …

Noch bevor Peter fertig war, griff er hektisch zu seinem Tablet und buchte einen Flug. Anschließend rief er noch einmal in New York an.

»Peter, Sie schon wieder? Was gibt es?«, fragte Giovanna verwundert.

»Giovanna, ich glaube …«

Peter stockte.

»Peter? Sind Sie noch in der Leitung?«

»Ja, ja … Ich meine …« Peter sah den Brief und las vor: *»Ich habe die Mythologie immer der Geschichte vorgezogen, weil die Geschichte aus Wahrheiten besteht, die schließlich zu Lügen werden, und die Mythologie aus Lügen, die schließlich zu Wahrheiten werden.«*

»Peter, alles in Ordnung? Geht es Ihnen gut?«, fragte eine besorgte Giovanna.

»Doch, doch … Das ist aus dem letzten Brief. Verstehen Sie? Es scheint eine tiefere Wahrheit hinter der Sache zu geben.«

Giovanna verstand nicht recht. »Wenn Sie meinen …«

»Ich werde es Ihnen bald erklären. Ich muss sofort zum Flughafen. Mein Flieger nach Larnaka geht in zwei Stunden.«

***

Peter hatte keine Zeit, sich mit seiner notorischen Flugangst auseinanderzusetzen. Er ließ sich auf seinen Sitz fallen, schnallte sich an und kramte das Buch hervor. Dann begann er zu lesen …

DIE FRAU, DIE DEM MEER ENTSTIEG

Kurz vor Mitternacht erreichte er das Hotel *Venus* in der Nähe von Paphos. Er checkte ein, und als der Portier seinen Namen las, rief er erfreut: »Ah, Mr. Falcon, ich habe hier einen Brief für Sie!«

Peter war nicht überrascht. Im Grunde genommen war es wie eine Schnitzeljagd gewesen. Als er den vierten Brief gelesen hatte, hatte er gewusst, dass er dorthin musste, wo der Sage nach einst die Venus dem Meer entstiegen war. Das Naheliegendste war, Suzanne in einem Hotel namens *Venus* zu finden. Es gab nur eines, wenige Kilometer außerhalb von Paphos. Es war klein und gemütlich, mit einem eigenen Strand.

Peter riss den Brief auf und las.

»Wenn du das liest, hast du mich gefunden. Das ist gut so. Triff mich um Mitternacht am Strand.« Er blickte auf seine Armbanduhr. Fünf Minuten vor zwölf.

»Bitte lassen Sie mein Gepäck auf mein Zimmer bringen. Ich muss schnell zum Strand!«

Der Portier lächelte ein wenig anzüglich.

»Verstehe, wird sofort erledigt.«

Peter ging hinunter zum Strand. Er war leer. Nur ein Handtuch und eine Tasche lagen auf dem weißen Sand. Der

Vollmond erhellte die Szenerie, doch bald würde er untergehen. Er wartete. Niemand war zu sehen. Das Wasser kräuselte sich.

Sie kam nicht, wie auf Botticellis Gemälde, auf einer Muschel herangefahren. Sie stieg eher wie Ursula Andress in »James Bond jagt Dr. No« aus dem Wasser. Und sie trug auch keinen weißen Bikini, sondern einen dunklen Badeanzug.

Am Ufer blieb sie stehen. Die sanften Wellen umspielten ihre Knöchel.

Er reichte ihr das Handtuch. Sie trocknete sich flüchtig ab und setzte sich auf den Sand, er daneben.

Schließlich brach er das Schweigen mit einem einzigen Wort.

»Warum?«

Suzanne seufzte.

»Es war nicht wegen des Geldes. Ich habe genug. Mir ging es um Gerechtigkeit.«

»Wohl mehr um Rache?«

»Vielleicht auch. Du hast doch selbst bemerkt, wie bitter unrecht man Christina getan hat.«

»Das ist lange her, die DDR ist längst untergegangen.«

»Aber das Unrecht hat nie aufgehört! Und der ganze Kunstbetrieb hat sich zum Komplizen gemacht. Griet Leeuwenhoek durfte nicht hochkommen, nur weil sie eine Frau war. Und Christina? Bei ihr war es dasselbe. Doch es geht noch um so viel mehr. Ja, Christina hat damals versucht, meinen Vater für ihre Zwecke einzuspannen. Aber dann haben sie sich beide unsterblich ineinander verliebt. Schlagartig, wie wenn der Blitz einschlägt. Es war fast so, als hätte der Cupido, kaum hatte man ihn unter dem Röntgenapparat entdeckt, seine Pfeile abgefeuert und beide gleichzeitig voll ins Herz getroffen. Mein Vater hat sie angefleht, zu bleiben. Doch Christina lehnte ab. Sie wollte auch deshalb zurück, um in der DDR ihre Sensation zu veröffentlichen. Weißt du, Peter, Christina war zwar keine Kommunistin, aber sie war ihrem Land gegenüber loyal. Sie hätte es als unfair empfunden, sich abzusetzen, um dann in Amerika die Bombe platzen zu lassen. Zudem war sie der Meinung, dass die DDR damals in Sachen Emanzipation viel weiter war als der Westen. Offensichtlich hatte sie sich in dieser Hinsicht getäuscht.«

»Aber war ihr nicht klar, dass sie in Gefahr schwebte?«

Suzanne lachte bitter auf.

»Oh, doch. Beide waren sich des Risikos voll bewusst. Ihnen war auch klar, dass jeder Briefkontakt von der Stasi überwacht werden würde. Und so schmiedeten sie einen Plan, wie sie in Kontakt bleiben konnten, ohne dass die Stasi ihre eigentliche Kommunikation entschlüsseln würde.«

»Die Briefe des Grinderman.«

»Genau. Christina hatte meinem Vater die Novelle vom Grinderman gezeigt. Und so kamen sie auf die Idee. Mein Vater kannte Marcel Legros von einer Reise nach Paris. Ihn hatte er damals um Rat gefragt – tja, und so entstanden die Briefe. Christina liebte dieses Buch. Sie liebte es, weil es beschrieb, was eine Frau in einer männerdominierten Welt in der Lage war zu tun – und was eben auch nicht, weil Dünkel und Vorurteile sie zu einem Leben im Verborgenen zwangen, zu einem Leben hinter dem Vorhang, sozusagen. Das Bittere daran ist, dass sich die Geschichte vom Grinderman gewissermaßen in der Geschichte Christinas wiederholt hat. Noch immer sind es die Männer, die die klügsten Frauen nicht hochkommen lassen.«

»Nun mal langsam! Meine Chefin leitet eines der größten Auktionshäuser der Welt. Du hast sogar die deutsche Kanzlerin angegangen, und sie ist eine der mächtigsten Frauen der Welt. Und Christina ist nicht deshalb kaltgestellt worden, weil sie eine Frau war, sondern weil sich das System wegen ihrer Entdeckung bedroht fühlte.«

»Ausnahmen. Und was Christina betrifft: Als es das System nicht mehr gab, war es ein Mann, der sich ihre Lorbeeren anheftete. Aber im Grunde genommen ist es letztlich auch egal. Tatsächlich geht es um Anerkennung, das habe ich in den letzten Tagen gelernt. Deine verzweifelte Suche auf die Antwort nach der Frage, wie groß Leeuwenhoek Einfluss auf das Werk Vermeers genommen hat, hat mir das klargemacht. Hättest du eine Antwort gefunden, was dann? Hätte das die Anerkennung für Vermeer geschmälert und das Ansehen von Leeuwenhoek gesteigert? Und wenn ja, wäre das gerecht?«

Peter seufzte tief.

»Nein, das wäre es nicht.«

Suzanne schaute Peter an.

»Und jetzt? Wird sie nach ihrem Tod die Anerkennung erfahren, die ihr zusteht?«

Der Mond war untergegangen und gab dadurch den Blick auf einen wunderbaren Sternenhimmel frei, einen Sternenhimmel, den nur ein einziger Mensch auf Leinwand zu bannen vermochte. Peter dachte an Vincent van Gogh.

»Wer kann das heute schon sagen?«

Sie schwiegen und vernahmen das sanfte Rauschen der Wellen.

Suzannes Augen schimmerten im Licht des klaren Sternenhimmels, der sich wie ein funkelndes Samttuch über ihnen ausgebreitet hatte. »Sie sind so hell heute Nacht.«

»Ja, sie sind atemberaubend. Es ist fast so, als würden sie uns eine Geschichte erzählen.«

Eine flinke Sternschnuppe zog ihre Bahn über den Himmel. Suzanne und Peter verfolgten fasziniert ihre flüchtige Reise.

Peter lächelte und legte sanft einen Arm um sie. Mit einem leisen Lächeln auf den Lippen flüsterte Suzanne ihren geheimen Wunsch hinaus in die Nacht.

Als sich ihre Blicke trafen, küssten sie sich. Peter zog ihren nassen Körper an sich.

Viel später, als sie dem Meer entstiegen, fragte Suzanne:

»Peter, werden wir uns wiedersehen?«

EPILOG

»Ob es die Grinderfrau wirklich gegeben hat?«, fragte Giovanna.

Peter hatte ihr das schmale Bändchen überlassen, und sie hatte es mit Begeisterung gelesen. Sie war zu ihm in seinen Comicladen an den St. Mark's Place gekommen.

»Wir werden es nie erfahren«, entgegnete Peter. »Wenn es sie gab, ist sie wohl beim großen Donnerschlag von Delft umgekommen. Danach hat man nie wieder von ihr gehört.«

»Denkst du, sie war Leeuwenhoeks Frau?«, wollte Giovanna wissen.

Peter schüttelte den Kopf.

»Seine Frau hieß Barbara, und die einzige Tochter, die die Kindheit überlebte, hieß Maria.«

»Dann war es wohl die Aneignung seines Namens«, stellte Giovanna fest.

»Wird Chroseby gegen Suzanne vorgehen?«

»Aber nein. Es ist ja kein Schaden entstanden, von Ihrer sündhaft teuren Dienstreise abgesehen. Aber das verbuche ich als Bildungsurlaub. Immerhin haben wir ja eine Menge gelernt.«

»Und Christina Hermlin? Unternehmen wir da etwas?«

»Was heißt hier *wir*? Nein, natürlich halte ich da die Füße still. Ich will es mir doch nicht mit der Dresdner Kunstsammlung verscherzen. Sie können sie ja dereinst in Ihren Memoiren erwähnen – aber erst, wenn ich im Ruhestand bin.«

»Dann waren Suzannes Bemühungen also alle umsonst …«

»Warten wir es ab. Und das können wir doch bei gutem Essen tun! An der 7th Ecke 53rd hat ein neues sächsisches Restaurant aufgemacht. Das *Splendor of Dresden*, wurde ganz wunderbar im *New Yorker* besprochen. Da soll es so eine tolle Nachspeise geben, ›Eierschecke‹ heißt das, glaube ich.«

Peter wollte gerade antworten, als sich die Ladentür öffnete und sein Postbote hereinkam.

»Oh, welche Ehre«, meinte Peter.

»Ich hab was ganz Außergewöhnliches für dich!«, schrie der Briefträger, als sei er eine Art Erzengel. »Ein handgeschriebener Brief. So etwas verteile ich inzwischen auch nicht mehr oft.«

»Sieh an, sieh an«, meinte Giovanna spöttisch. Sie stellte den Manga-Comic, in dem sie geblättert hatte, zurück.

»Dann lasse ich Sie mal mit Ihrem handgeschriebenen Brief alleine«, rief sie. »Rufen Sie mich doch an, wenn Sie meine Einladung annehmen möchten.«

Der Postbote hielt ihr höflich die Türe auf, und beide verließen den Laden. Peter wollte ihr noch etwas hinterherrufen, doch dann öffnete er den Umschlag, entfaltete den Brief und stellte sich neben das Fenster, um ihn besser lesen zu können. Ein leichter Luftzug blähte den Vorhang neben ihm auf.

ENDE

HISTORISCHE EINORDNUNG

Wie immer bei Peter Falcons Fällen mischen sich auch hier wieder Wahrheit und Fantasie.

Sieht man einmal vom Grinderman, der eine Frau war, ab, so sind alle historischen Figuren natürlich echt, soweit sie im Roman auftauchen. Die Personen in der nun folgenden Novelle sind alle erfunden, wie auch die Novelle selbst eine Dichtung ist, die eigens für diesen Roman erdacht wurde.

Tatsächlich hat es die Wanderausstellung der Dresdner Kunstsammlung 1979 in den USA gegeben, und es stimmt auch, dass dort Vermeers *Brieflesendes Mädchen* heimlich an einem Röntgengerät untersucht wurde. Die Untersuchung offenbarte damals bereits den Cupido, der erst 40 Jahre später für so viel Aufsehen gesorgt hat. Anlass gab eine Untersuchung der Farbschichten in den 60er-Jahren. Christina Hermlin und ihre Geschichte sind dagegen eine Erfindung, obwohl wahr ist, dass der Frau, die den Cupido damals entdeckt hatte, nie die Anerkennung zuteilwurde, die ihr gebührt. Ihr Name taucht auch nicht in der Geschichte über die Freilegung des Cupido auf.

Ein großes Rätsel ist bis heute das Verhältnis zwischen Jan Vermeer und Antoni van Leeuwenhoek. Der Gedanke liegt nahe, dass Vermeer für einen Teil seiner Gemälde auf optische Hilfsmittel zurückgegriffen hat. Eine Camera obscura könnte aus Leeuwenhoeks Werkstatt stammen, doch es gibt keinerlei Beweise dafür. Beide waren allerdings eine Zeit lang Nachbarn. Sie wohnten in der Voldersgracht nur wenige Häuser voneinander entfernt. Die einzige nachweisliche Verbindung, die zwischen beiden bestand, war die Tatsache, dass Leeuwenhoek Vermeers Testament vollstreckte.

Die Personen, die in der Gegenwart auftauchen, sind reine Erfindungen. Eine Ausnahme bilden die deutsche Bundeskanzlerin Angela Merkel, der niederländische Premierminister Mark Rutte und Sachsens Ministerpräsident Michael Kretschmer, die alle bei der beschriebenen Eröffnung der Vermeer-Ausstellung in Dresden dabei waren. Aus dramaturgischen Gründen wurde der Ablauf der Veranstaltung im Buch geändert. Die Eröffnungsgala fand erst nach dem Gang durch die Ausstellung statt.

Das Museum Kalkwerk Lengefeld gibt es wirklich. Dort wurden während des Krieges die Bilder der Kunstsammlung Dresden eingelagert, auch das *Brieflesende Mädchen am offenen Fenster* von Jan Vermeer.

NACHWORT: DIE DUNKLE KAMMER

Oben auf meiner persönlichen To-do-Liste stand schon seit Langem, dass ich mir mal eine eigene Camera obscura bauen wollte – also jene kastenförmige Apparatur, die als Vorläufer der Fotografie gilt und sich dem Phänomen bedient, dass, wenn Licht durch ein kleines Loch in einen dunklen Raum fällt, ein auf dem Kopf stehendes Bild der Außenwelt entsteht.

Camera obscura bedeutet wörtlich übersetzt: *dunkle Kammer*. Schon Leonardo da Vinci stellte fest, dass das Prinzip der *dunklen Kammer* der Natur des menschlichen Auges entspricht. Das faszinierte mich, und ich dachte, dass es ein gutes Hilfsmittel sei, mehr über das *Sehen* zu erfahren.

Zur etwa gleichen Zeit, als ich erste Baupläne erstellte, ereilte mich die freudige Nachricht eines Auftrages, einen Film mit meinem Kollegen Christoph Goldmann über den niederländischen Maler Jan Vermeer zu machen. Welch Zufall, dachte ich, denn gerade Jan Vermeer steht ja im Verdacht, die Camera obscura als optisches Hilfsmittel für seine einmalige illusionistische Malweise genutzt zu haben.

Im Zentrum des Films stand eines der berühmtesten Gemälde Vermeers: *Das Brieflesende Mädchen am offenen Fenster*.

Wie der Titel sagt, zeigt das Bild eine junge Frau, die an einem offenen Fenster stehend einen Brief liest. Seit Jahrhunderten fragt man sich, was sie denn da womöglich für Zeilen betrachtet.

Nun hatte die Entdeckung einer Übermalung im Hintergrund des Bildes, nämlich die eines Amors, weltweit für Aufsehen gesorgt. Das lieferte auch den Anlass für unseren Film: Er sollte klären, ob durch Entdeckung und die damit verbundene Freilegung des Liebesgottes im Hintergrund das Rätsel des Bildes und der Briefleserin endgültig gelöst worden sei.

Doch je mehr Licht wir in das Geheimnis um das Bild und dessen Übermalung bringen wollten, umso geheimnisvoller wurde die Geschichte selbst. Zunächst kündigte uns die Museumsleitung der Galerie Alte Meister in Dresden, wo das Bild hängt, die Zusammenarbeit auf! War es womöglich die Frage nach der Richtigkeit ihres Vorhabens, den übermalten Liebesgott freizulegen, den wir in unserem Film stellen, die sie so störte?

Das Geheimnis Vermeer war eine dunkle Kammer, die niemand betreten sollte – außer die, die das Geheimnis für sich zu vereinnahmen versuchten und die Weltsensation verkündeten?

Wir, der Co-Regisseur Christoph Goldmann und ich, fuhren zunächst nach Delft, dort, wo Vermeer geboren wurde, und die Stadt, die er zeitlebens nie verlassen hatte. Bei den Dreharbeiten in den Grachten Delfts sollten wir erstmals die selbstgebaute Camera obscura einsetzen. Wir waren freudig erregt, denn irgendwie spürten wir eine Übereinstimmung des Sehens, ja, eine direkte Verwandtschaft zwischen der Malerei und dem optischen Phänomen der Camera obscura.

Jan Vermeer war ja selbst befreundet mit einem Linsenschleifer aus Delft.

»Die Camera obscura: das Auge. Die Linse: die Pupille. Die Leinwand: die Netzhaut. Das Auge: ein Guckkasten, der Bilder an die Wand wirft«, heißt es ja jetzt auch im Kommentartext.

Diese Entdeckung machte der arabische Naturforscher Ibn al-Haitham bereits um das Jahr 1000 herum. Mit der Camera obscura hatte Ibn al-Haitham die bis dahin gültige Auffassung widerlegt, dass das Auge Strahlen aussendet, die – wenn sie zum Beispiel auf einen Baum treffen – sozusagen als optisches Echo ins Auge zurückkehren und dem Betrachter das Bild des Baumes übermitteln. Er bewies stattdessen, dass jeder vom Licht beschienene Gegenstand Strahlen reflektiert, die vom Auge empfangen werden können.

Das Sehen ist also ein passiver Akt, das begriff ich umso mehr durch die Arbeit mit der Camera obscura. Man empfängt, im Gegensatz zum Reden, wobei man sendet, was manche oft und ständig tun.

Dieser passive Sinn des Sehens wohnt den Bildern Vermeers inne, das wurde uns klar. Seine Bilder sollen uns nichts sagen, sie sind vielmehr eine Einladung dazu, sie selbst zu deuten. Und je länger wir mit unserem Film fortschritten, umso klarer wurde, dass sich die *angekündigte Weltsensation* widerläufig zu dem verhält, was Vermeer in nahezu allen seinen Bildern angelegt hat: eine Leerstelle, die man selbst ausfüllen konnte.

Vielleicht ist das genau die Stärke von Peter Falcon: das Wesen zu erfassen und nicht zu bewerten und einzuordnen.

LEIF VAN DER MEER

GRINDERMAN

DER LINSENSCHLEIFER AUS DELFT

Novelle

Es gab einmal eine Zeit, in der die Industrialisierung noch nicht den europäischen Kontinent erobert hatte. In diesem Zeitalter – und das ist noch gar nicht lange her – glichen Straßen oft nur den heutigen Feldwegen, und der Mensch kannte kaum die Eisenbahn.

Aber auch in dieser Zeit reisten die Menschen. Zu Fuß, auf dem Pferd, in der Kutsche – oder gar in ihrer Fantasie. Von Letzterem soll in dieser Erzählung die Rede sein.

Doch zunächst zum Reisen in einer Kutsche: Das war alles andere als bequem. Der Zeitgenosse empfand die Sitze als »hart wie Stein«, und manch einer meinte auf eine ziemlich direkte Art und Weise, dass deshalb sein »Arsch so gebrennt« hätte.

Trotz aller Unbequemlichkeit waren die Postkutschen vor noch 150 Jahren ein wichtiges Verkehrsmittel. Entlang der Postkurse von einer Poststation zur nächsten transportierten die Kutschen auch Personen.

So auch am 3. September 1715.

*

Ein nebelumhangener Morgen lag über Zwolle, Holland. Gegen halb acht fingen die Hunde an zu kläffen. Ratternd fuhr die Postkutsche in das Dörfchen ein.

Auf der Passagierliste stand ein gewisser Kunstmaler Kröller, der nun, nur mit leichtem Gepäck, einem »Mantelsack« und einem »Dachsranzen«, ausgerüstet, eingestiegen war.

Tatsächlich handelte es sich um mich, die ich mich unter dem Pseudonym Johannes Philipp Kröller soeben auf die Reise meines Lebens begeben hatte.

Als Grundausstattung eines Reisenden hatte ich dabei: Regenmantel, breiter Hut, zwei Paar Schuhe, Hosen, Nachtgewand und Bettzeug. In einem ledernen Gurt hatte ich meine Dokumente sowie das Geld verwahrt.

Während der oft eintönigen Kutschenfahrt vertrieb sich der gebildete Reisende gerne die Zeit mit einer entsprechenden Lektüre. Außerdem wurde über Gelesenes diskutiert oder manche Geschichte erzählt.

Doch zum geistreichen Gespräch fehlte es mir vor allem an einem: einer weiteren Person. Ich saß alleine in dem Wagen und hörte nur ab und zu die Laute des Kutschers und Boten, wie er seine Pferde vorantrieb. Es schien ein sehr alter Mann zu sein.

So blieb mir nicht viel anderes übrig, als hinauszuschauen, und das konnte ich nicht ohne Entzückung ob der unendlichen Abwechslung der Landschaft. An beiden Seiten wechselten sich Kornfelder, Viehweiden, Fischteiche, Kirchen, Gärten, Landhäuser und Dorfschaften ab, und zu gerne hätte ich das ein oder andere mit der Zeichenfeder festgehalten.

Das jedoch war nicht möglich, weil einem der Wagen »die Seele herausstößt« und einen Zeichenblock zu halten erst gar nicht möglich war.

*

Es war spät geworden, und so machten wir endlich Halt, um nächtlichen Überfällen und Ausraubungen zuvorzukommen. Am Abend speiste ich in einer Taverne, und weil ich da so alleine saß, gesellte sich der alte Bote zu mir.

»Ha, die alten Postkutschen waren wuchtige und schwerfällige Ungetüme ohne jedwede Federung und Komfort. Walkmühle, Marterkasten, Ackerkarren, Knochenknacker, Teufelsweg, Höllenpfad – so bezeichneten wir früher die Wagen mit starrer Deichsel …«, fing der alte Mann gleich an, nachdem er einen großen Schluck aus einem Bierkrug genommen hatte.

Nun schien mir der Mann die alte Zeit nicht gänzlich zu verdammen und dem Fortschritt zugeneigt. Irgendetwas hatte ihn in der alten Zeit verhaftet, und es schien mir, als würde ihn auch eine Traurigkeit erfüllen, wenn er von damals sprach: »Es war nicht immer so, dass Briefe nur nüchterne Nachrichten transportierten. Früher, ich meine vor der großen Katastrophe, da war das Briefeschreiben noch eine Kunst. Die Wahrheit? Wen scherte schon die Wahrheit? Briefe waren wie Bilder, große Gemälde, die auch nicht immer zeigen, was wirklich ist, sondern wie es sein sollte. Nennt mir ein großes Landschaftsbild, auf dem ein schnöder, schmuddeliger Dauerregen zu sehen ist. Nein, wir sehen blauen Himmel, Sonnenschein, ein paar Schäfchenwolken.

Ja, manchmal auch dunkle, drohende Wolken, Gewitterstürme, die aber dann so gewaltig sind, als zürnten alle Götter. Drama beherrscht dann das Bild. Aber selbst dieses Drama hat selten etwas mit der Wirklichkeit zu tun. Ihr könnt mir glauben, jemandem, der so lange auf dem Kutschbock sitzt wie ich.«

»Und die Briefe?«, wollte ich wissen.

»Ja, die Briefe«, brummte er und sah versonnen dem blauen Rauch nach, der seiner alten fleckigen Meerschaumpfeife entstieg.

»Heute sind Briefe nur noch Mitteilungen, doch früher erzählten sie Geschichten, waren voller Geheimnisse, voller Andeutungen. Ein kleiner Mann wurde darin zu einem großen, eine unansehnliche Maid zu einer strahlenden Prinzessin. Und wisst ihr was? Es war alles wahr! Wer sollte es denn überprüfen? Wer den Schein von der Wirklichkeit unterscheiden? Oft war es auch nötig, in Briefen Geheimnisse zu verstecken. Die Straßen waren noch unsicherer als heute, und für manche diplomatische Depesche hat ein Fürst viel Geld bezahlt.«

Knarzend öffnete sich da die Türe, und ein uralter Mann trat ein. Seine Kleidung verriet seinen hohen Stand. Der Dreispitz, das Wams aus feinem Tuch und die Perücke ließen auf einen englischen Edelmann schließen. Er schien genauso aus der Zeit gefallen wie mein Gegenüber. Suchend schaute sich der Fremde um. Als er uns an unserm Tische gewahrte, hellte sich seine ursprünglich finstere Miene auf. Er trat heran.

Der Kutscher sprang auf und verbeugte sich tief. Dann stammelte er: »Lord Isaac, seid Ihr es? Ich hätte nicht geglaubt, Euch noch einmal zu sehen.«

»Lieber Freund, behaltet doch Platz. Ihr seid also noch immer unterwegs?«

»Oh ja, Mylord, von Leeuwarden nach Zwolle, von Zwolle nach Utrecht und von Utrecht nach Delft und Den Haag … All die Jahre. Wollt Ihr nicht Platz nehmen?«

»Wenn's beliebt«, murmelte der Lord und setzte sich. »Ich hatte nicht zu hoffen gewagt, Euch hier zu treffen und noch einmal Eure Dienste in Anspruch nehmen zu können.«

Der alte Kutscher kniff die Augen zusammen.

»Ihr wollt also noch einmal nach Delft?«

Der Lord nickte.

»Es ist so viele Jahre her. Kurz nach der großen Katastrophe, Ihr wisst …«

Mit der ganzen Vorwitzigkeit meiner Jugend mischte ich mich ein: »Verzeiht, Ihr spracht vorhin von einer Katastrophe, und nun wird sie noch einmal erwähnt …«

Der Lord zog überrascht die Augenbrauen in die Höhe, sagte aber nichts.

»Mylord, erlaubt mir vorzustellen: Mijnheer Kröller. Mein einziger Fahrgast.«

Ich erhob und verbeugte mich.

»Es ist mir eine Ehre, Mylord!«

Der Alte nickte huldvoll.

»Es erstaunt mich, dass Ihr die große Katastrophe nicht kennt«, brummte Lord Isaac.

»Er ist noch sehr jung, und außerdem kommt er von jenseits des Rheines.«

»Ein Deutscher also?«

Ich nickte.

»Wohlan, manche sagen, den Donnerschlag habe man damals bis Köln gehört. Aber ich mag daran nicht glauben. Es ist so viel erzählt worden über die große Katastrophe. Dabei ist es in einem Satz gesagt: Das Pulvermagazin von Delft explodierte und legte fast die ganze Stadt in Schutt und Asche. Hunderte sind gestorben, Tausende wurden verletzt und die meisten Häuser zerstört.«

»Und wann ist das geschehen?«, fragte ich aufgeregt.

»Im Oktober 1654.«

»So lange ist das schon her?«, fragte ich verblüfft.

Die beiden lachten.

»Nun«, meinte der Lord, »wie mir scheint, werden wir die nächsten Tage als Reisegefährten miteinander verbringen. Vielleicht erzählt Ihr mir von Deutschland, und ich berichte, was mich einst nach Delft geführt hat. Das macht die Reise kurzweiliger. Doch entschuldigt mich jetzt. Ich muss mich zur Ruhe begeben. Ihr versteht, das Alter.«

Alsbald verabschiedete sich auch der Kutscher, und so blieb ich allein und ein wenig verdrossen an dem grobgezimmerten Tisch zurück. Die Geschichte des Lords hätte mich schon sehr interessiert, und auch der Kutscher hätte sicher noch viel Spannendes zu berichten gehabt. So leerte ich missmutig meinen Krug, tröstete mich damit, dass ich alles, was mir an jenem Abend entgangen war, wohl am nächsten Tage erfahren würde, und ging selbst zu Bett.

*

Am nächsten Morgen, beim ersten Hahnenschrei, wurde ich durch heftiges Klopfen der Wirtin geweckt. Hastig kramte ich meine Habseligkeiten zusammen und stürmte erwartungsfroh auf den Hof, wo der Kutscher bereits auf dem Bock saß und auf seine beiden Fahrgäste wartete.

Ich nahm in der Kutsche Platz, doch von Lord Isaac war noch nichts zu sehen. Den Kutscher schien das nicht groß zu stören. Schließlich kam der Edelmann mit schlurfenden Schritten aus dem Gasthof. Der Wirt folgte mit dem Gepäck des Engländers und verstaute es auf dem Dach der Kutsche. Der Lord bestieg mit einigen Mühen die Kutsche, ließ sich auf die Sitzbank mir gegenüber fallen und nickte mir freundlich zu.

»Guten Morgen, Mylord«, begrüßte ich ihn mit der mir zukommenden Demut des Jüngeren. Er lächelte, ohne den Gruß zu erwidern. Der Wirt schloss die Tür des Coupés. Der Kutscher knallte mit der Peitsche, und mit einem Ruck setzte sich die Kutsche in Bewegung. Ich wagte es nicht, den Lord anzusprechen, war aber in froher Erwartung, dass er gleich selbst das Wort an mich richten würde. Stattdessen zog er einige Papiere aus einer hirschledernen Tasche, kramte ein Lorgnon hervor und hielt es sich vor die Augen. Dann begann er zu lesen.

Verblüfft fragte ich mich, wie jemand bei diesem Geschaukel lesen konnte. Ich hätte es sicher nicht gekonnt. So sah ich ihm eine Zeitlang dabei zu, wie er seine Papiere studierte, und in mir kroch wieder der Missmut hervor. Was hatte ich mich auf diese Fahrt gefreut! Wie neugierig war ich auf die Erzählungen des alten Mannes gewesen. Endlich nahm er das Leseglas von den Augen und verstaute die Papiere wieder sorgfältig in der Ledertasche. Er rückte sich zurecht, lehnte sich zurück in die Ecke und schloss die Augen.

Er schlief? Wie konnte er schlafen? Die Kutsche schaukelte wie ein Boot auf dem Ozean. Sollte diese Etappe genauso langweilig werden wie die letzte?

Eine halbe Stunde mochte vergangen sein, da fing sich unsere Kutsche ein tiefes Schlagloch ein. Der Lord öffnete träge sein rechtes Auge.

»Ihr ruht nicht, junger Freund?«

»Ich bin überrascht, wie Ihr bei dieser Schaukelei schlafen könnt, Mylord«, entgegnete ich.

Er lächelte, öffnete nun das andere Auge und meinte: »Wenn man so viel gereist ist wie ich, dann lernt man bald, in jeder Situation ein wenig Schlaf zu finden. Wer weiß schon, wann man wieder dazu kommt.«

»Aber Ihr habt auch gelesen. Das halte ich unter den obwaltenden Umständen für eine große Kunst.«

Nun lachte er.

»Auch das kann man lernen. Allerdings hilft mir dabei mein Lorgnon, das ich mir vor einigen Jahren in London habe anfertigen lassen. Master Jackson ist fürwahr ein großer Linsenschleifer, jedoch nichts im Vergleich …« Er stockte.

Jetzt nur nicht den Faden reißen lassen, dachte ich panisch.

»Im Vergleich zu wem?«

»Im Vergleich zum Grinderman«, gab er zurück und tat einen tiefen Seufzer.

»Wer ist der Grinderman?«, fragte ich neugierig.

»Das haben sich einst viele gefragt. Er war vielleicht eine der geheimnisvollsten Gestalten, die je gelebt haben. Nur einer kannte den Grinderman persönlich, und zwar mein Malerfreund in Delft.«

»Malerfreund?«, fragte ich aufgeregt. »Ich bin selbst Maler, und ich verehre die holländischen Meister.«

»Gewiss, gewiss«, murmelte der Lord und machte schon wieder Anstalten einzuschlafen.

»Aber was hat es mit dem Grinderman auf sich?«, wollte ich wissen. »Lebt er noch?«

»Wer weiß das schon? Nach der großen Katastrophe blieb er verschwunden. Wahrscheinlich ist er umgekommen. Aber die Leiche wurde nie gefunden, nicht in den Trümmern seines schwer zerstörten Hauses noch anderswo. Wäre ich nur zwei Tage früher gekommen, wer weiß, wie sich dann alles gefügt hätte. Nun denn, ich kam zu spät, und das treibt mich heute noch um, nach über 50 Jahren.«

»Was ist passiert?«, fragte ich tonlos.

Lord Isaac begann zu erzählen:

»In jenen Jahren befanden sich England und Holland im Krieg gegeneinander. Es hatte so kommen müssen. Beide waren damals die größten Seemächte der Erde. Trotzdem bekamen wir in London wenig davon mit, denn der Krieg fand nur auf dem Wasser statt. Ich war gerade in die Royal Academy aufgenommen worden, als eines der jüngsten Mitglieder, an die je ein Ruf ergangen war. Entsprechend groß war mein Stolz. Ich war auch fest davon überzeugt, dass ich die Ehre trotz meines jugendlichen Alters vollauf verdient hatte. Und umso verblüffter war ich, als eines Tages ein Brief aus Delft ankam, in dem eine Person, die sich Grinderman nannte, ganz unverblümt die Aufnahme in die Royal Society forderte. Überzeugt Euch ruhig selbst von dieser Unverfrorenheit – so nannten wir es zumindest am Anfang.«

Er kramte wieder nach den Unterlagen in der Tasche, zog einen Brief heraus und reichte ihn mir. Ich wehrte ab.

»Verzeiht, Mylord, aber ich fürchte, ich kann das bei dem Geruckel nicht lesen.«

»Vielleicht hilft Euch ja das.«

Er reichte mir das Lorgnon, und tatsächlich traten die Buchstaben viel größer und deutlicher hervor. Mühsam war es allerdings trotzdem. Zwar war ich der holländischen Sprache mächtig, doch die Sätze schienen mir oft voller Rätsel:

13. September 1652

An die Mitglieder der Royal Society.

Mein Name ist in dieser Angelegenheit nebensächlich, da es uns nur um die Wissenschaft geht. Hier in Delft nennt man mich den Grinderman, weil das, was ich tue, ihnen unheimlich ist.

Ich schleife Linsen.

Doch was ist ein Linsenschleifer? Damit könnte ich meinen: einen Maler, einen Musiker und vor allem einen jungen Menschen oder einen Bildhauer, einen oder irgendjemanden.

Das Schleifen einer Linse ist eine Art überlegene Mathematik, und wir dürfen nicht vergessen, dass es fast immer prophetisch ist. Es gibt im Linsenschleifer einen Propheten …

Der Brief war einige Seiten lang, und im schaukelnden Kutschenwagen dauerte es ein paar Minuten, bis ich das Ende erreicht hatte. Dann gab ich ihm die Papiere zurück und schüttelte nachdenklich den Kopf.

»Ein merkwürdiger Brief«, meinte ich ein wenig ratlos.

»Fürwahr, so dachte ich auch«, stimmte Lord Isaac mir zu. »Im Grunde begann mit diesem Brief die ganze Geschichte.«

Er seufzte kurz und fuhr dann fort:

»Es war ein regnerischer Herbsttag im Jahre 1652. Ich hatte mich ein wenig verspätet und traf als Letzter im Greshem College in der Old Broad Street am Rande der City of London ein. Eigentlich hatte ich schon einige Worte des Spottes erwartet, als ich in die dunkel getäfelte Halle trat, in der die Mitglieder des erlauchten Kreises schon in kleinen Grüppchen zusammenstanden. Doch stattdessen schien der alte Lord Rutherford ungeduldig auf mich zu warten. Kaum hatte ich den Raum betreten, kam er mir auch schon entgegen, legte mir den Arm väterlich um die Schulter und sprach mit sonorer Stimme: ›Master Isaac, wir warten schon auf Euch.‹ Ich war wie erstarrt. Dass mich der ehrwürdige Gelehrte überhaupt beim Namen kannte, war schon eine Überraschung, und dass er gar mein Kommen sehnsüchtig erwartet hatte, schien mir nachgerade bizarr. Alle Augen der vielleicht zwei Dutzend Anwesenden richteten sich auf mich. Mein Herz schlug schneller. War das eine Art Prüfung? Sollte ich vor dem erlauchten Auditorium gar aus dem Stegreif einen wissenschaftlichen Vortrag halten? Ich straffte mich ein wenig.

›Ihr habt einige Zeit in Holland verbracht, wie ich höre?‹

›Gewiss, Mylord. Ich habe drei Jahre an der Reichsuniversität in Groningen studiert. Ich bin erst vor wenigen

Monaten zurückgekehrt, als es zwischen unseren Ländern nach Krieg roch.‹

Der Lord nickte ungeduldig und winkte ab.

›Ja, ja, Ihr habt in Groningen Großes geleistet, sonst wärt Ihr heute nicht hier, nicht wahr? Doch außerdem habt Ihr dort sicher auch die Sprache gelernt?‹

›Aber natürlich, Mylord, ich beherrsche das Niederländische in Wort und Schrift.‹

›Sehr gut, sehr gut, junger Freund.‹

Er zog einen Brief aus seinem Wams, hielt ihn aber fest und wollte ihn mir noch nicht aushändigen. Er hob das Schreiben in die Höhe, damit ihn jeder im Raum sehen konnte.

›Dieser Brief kam gestern aus Delft an. Wie Ihr selbst sagtet, Master Isaac, herrscht Krieg zwischen unseren Ländern. Es handelt sich also um eine höchst delikate Angelegenheit. Allein – keiner von uns ist des Niederländischen mächtig. So will ich Euch die ehrenvolle Aufgabe übertragen, den Brief für uns zu übersetzen.‹

›Jetzt? Hier? Sofort?‹, fragte ich und griff nach dem Brief. Doch Lord Rutherford entzog mir das Papier mit einer flinken Handbewegung.

›Aber nein, natürlich nicht. Genauigkeit steht hier über Schnelligkeit. Begebt Euch bitte in mein Kabinett, nehmt Feder und Papier und schreibt die Übersetzung nieder. Danach tragt Ihr sie uns bitte vor. Lasst Euch ruhig Zeit.‹

Wieder versuchte ich, den Brief zu fassen zu bekommen, und diesmal ließ mich der Lord gewähren. Ein Lakai führte mich in Lord Rutherfords Kabinett, wo schon die Schreibutensilien für mich bereitlagen.

Voller Ehrfurcht setzte ich mich an den schweren eichenen Schreibtisch. Ich öffnete den Brief und begann zu lesen. Zunächst dachte ich, da habe sich jemand einen Scherz mit mir erlaubt. Zu ungelenk war der Stil, zu vermessen das Ansinnen. Doch als ich an die Stelle kam, an der der unbekannte Schreiber über seine Entdeckungen die Venus betreffend berichtete, stockte mir der Atem. Nein, das konnte niemand erfinden! Noch einmal las ich das Schriftstück durch. Und so langsam trat der Sinn für mich immer deutlicher hervor. Es schien, als meißelte ich aus einem Marmorblock eine Statue hervor. Ich hatte mich während meiner Studien intensiv mit der Astronomie beschäftigt. Die Wege der Gestirne schienen mir der Schlüssel für alle Geheimnisse des Weltenrunds.

Ich wusste auch den Wert von Teleskopen zu schätzen, die damals erst seit 30 Jahren in Gebrauch waren. Noch immer verdammte mancher sogenannte Gelehrte das Teleskop als Teufelszeug. Doch ich hatte in Groningen das Privileg gehabt, durch eines dieser Teleskope den Sternenhimmel zu betrachten. Da habe ich zum ersten Mal die Ringe des Saturns beobachten können. Dass ein ausreichend starkes Teleskop auch einen Schweif der Venus offenbaren könnte, schien mir durchaus plausibel.

Es dauerte mehrere Stunden, bis ich aus dem Kabinett zurückkehrte. Einige Mitglieder der Society hatten sich inzwischen in den schweren Sesseln niedergelassen und dösten träge vor sich hin, andere standen noch immer zusammen und diskutierten mit gedämpften Stimmen irgendwelche wissenschaftlichen Probleme.

›Ah, der junge Master Isaac ist zurück, sehr gut, sehr gut!‹, rief Lord Rutherford. Die Ersten erwachten wieder, und die anderen starrten mich gebannt an. Schnell bildeten sie einen Kreis um mich. Ich wollte mein Schreiben an Lord Rutherford weitergeben, doch der schüttelte nur den Kopf.

›Nein, junger Master Isaac, Ihr habt den Brief übersetzt, Euch obliegt nun auch die Aufgabe und die Ehre, ihn uns vorzutragen.‹

Mit leicht zitternder Stimme begann ich den Brief zu verlesen. Als ich damit zu Ende war, herrschte zunächst ratloses, ja betroffenes Schweigen, ehe sich die ersten Unmutsäußerungen regten. Sir Ratcliffe lachte schallend und rief in die Runde:

›Soll das ein Witz sein?‹

›Wenn es ein Witz ist, dann ein verdammt schlechter!‹, meinte der Earl von Wexham verärgert.

›Was soll das? Sollen wir unseren gelehrten Kreis etwa solchen Scharlatanen öffnen? Oder Handwerkern? Chirurgen? Und selbst wenn wir so etwas Absurdes täten, wollten wir dann allen Ernstes ausgerechnet einen *Holländer* in unseren Reihen haben?‹, rief Charles Chevalier aufgeregt.

›Und was meint Ihr, junger Freund?‹, fragte Lord Rutherford.

Ich lief puterrot an. Schließlich zuckte ich mit den Schultern.

›Mylords, Gentlemen, es steht mir als Jüngstem in dieser Runde kaum an, ein Urteil zu fällen.‹

›Nur zu‹, munterte mich jedoch Lord Rutherford auf.

›Zugegeben, die Sprache scheint mir, auch im Niederländischen, ein wenig ungelenk, aber offenbar scheint der Unbekannte hinsichtlich der Venus eine interessante Entdeckung gemacht zu haben.‹

›Ein Schweif! Ha!‹, ließ sich Chevalier vernehmen. Er war einer der wenigen ohne ein Adelsprädikat und versuchte, das durch seine Lautstärke auszugleichen. ›Es gibt ja auch Leute, die an die Ringe des Saturn glauben.‹

›Nun, die Ringe des Saturn ...‹, begann ich, doch Chevalier unterbrach mich sofort.

›Wer hat sie angeblich gesehen? Ein Italiener und ein Deutscher! Es handelt sich doch nur um eine Reflexion auf der Linse – oder vielleicht nur um Fliegendreck, das weiß doch jeder.‹

Ich schwieg, während rundherum aufgeregtes Gerede, ja Geschrei anhob. Lord Rutherford versuchte, sich Gehör zu verschaffen.

›Gentlemen, Gentlemen, ich bitte Sie, bewahren Sie Ruhe. Es mag ja sein, dass dieser Linsenschleifer etwas durch sein Teleskop gesehen hat. Natürlich liegt es auch mir fern, an einen Venusschweif zu glauben. Betrachten wir die Sache doch so. Ein Linsenschleifer ist ein Handwerker, vielleicht mag der Mann sogar ein ausgesprochen guter Handwerker sein, aber er bleibt doch ein Handwerker. Und somit ist es völlig unerheblich, ob er ein Scharlatan oder ein Holländer ist. Er ist kein Wissenschaftler, und damit gehört er nicht in unseren erlauchten Kreis.‹

Lauter Beifall erhob sich. Auf eine Abstimmung wurde verzichtet.«

Lord Isaac verstummte, blickte versonnen aus dem Fenster der Kutsche und ließ die Ebene an sich vorbeiziehen. Ich fürchtete schon, er könne wieder einschlafen, wagte es aber auch nicht, ihn aufzufordern, doch weiterzuerzählen.

Schließlich gestattete ich mir ein winziges, eigentlich kaum hörbares Räuspern, das auch noch vom Rattern der Kutschenräder übertönt wurde. Es hätte gar nicht bis an das Ohr des Alten gelangen können. Doch der zuckte trotzdem für einen Moment ganz leicht zusammen, schien sich erst kurz orientieren zu müssen und wurde meiner wieder gewahr. Er lächelte mich aus altersmilden Augen an und nickte dann.

»Ja, ja, so war das damals«, fuhr er fort, »als ich zum ersten Mal dem Namen ›Grinderman‹ begegnete.«

»Aber habt Ihr nicht aufbegehrt?«, wandte ich empört ein. »Mir scheint das doch eine zutiefst ungerechte Entscheidung.«

Lord Isaac zuckte mit den Schultern, ehe er die Unterarme zu einem Ausdruck des Bedauerns anhob.

»Was hätte ich tun können, junger Freund? Bedenkt, ich war erst vor Kurzem in die Academy berufen worden. Einige der ehrwürdigen Herren hätten meine Väter, ja sogar Großväter sein können. Aufbegehren? Nein, das kam nicht infrage.«

»Ihr habt es einfach auf sich beruhen lassen?«, fragte ich enttäuscht.

»Aber nicht doch! Ich empfand diese Entscheidung nicht nur als ungerecht und beschämend, ich hielt sie auch für dumm. Als sich der Saal schließlich leerte, schützte ich noch einige Aufgaben vor, sodass ich schließlich alleine mit Lord Rutherford in dem ehrwürdigen alten Saal stand. Ich nahm all meinen Mut zusammen.

›Mylord, ich bitte untertänigst um Verzeihung.‹

Lord Rutherford, der gerade in einem schweren Folianten studierte, hob überrascht eine Augenbraue, ehe er mich mit seinem durchdringenden Blick fixierte.

›Master Isaac, was kann ich für Euch tun?‹

›Bei dem Disput …‹

›Passt Euch etwa die Entscheidung nicht, Master Isaac?‹, fragte Rutherford scharf. ›Ich bin nicht sicher, ob Euch schon zusteht …‹

›Nein, nein‹, beeilte ich mich zu sagen, vorschützend, dass mich das Schicksal des Grinderman nicht für einen Penny interessiere. ›Mir fiel nur auf, dass sich der ehrenwerte Mr. Chevalier etwas verwirrend zu den Ringen des Saturn geäußert hat. Entschuldigt bitte vielmals, wenn ich das sage – aber ich habe sie auch gesehen. Und seid versichert, es war weder eine Spiegelung noch Fliegendreck.‹

Lord Rutherford legte den Folianten zur Seite und trat einen Schritt auf mich zu. Er musterte mich einige Sekunden, dann begann er freundlich und völlig bar seiner sonst schroffen Art mit mir zu sprechen.

›Nun, was Mr. Chevalier betrifft … Einerseits ist er nicht von Adel, und sein Name ist … ähm … auch noch französisch.‹

›Das hat er mit dem großen Richard Löwenherz gemein‹, warf ich keckerweise ein und erschrak in diesem Moment über meine Kühnheit. Doch Lord Rutherford lachte schallend.

›Man mag über das Haus Plantagenet geteilter Meinung sein, junger Freund, aber das ist fürwahr ein trefflicher Einwand. Doch es wird Eurem Scharfsinn nicht entgangen sein, dass Chevalier sowohl seine niedrige Herkunft als auch seinen Namen als Makel empfindet, den er bei jeder sich bietenden Gelegenheit auszugleichen sucht. Ihr werdet im Königreich keinen besseren Engländer finden.‹

›Doch macht ihn das nicht blind für andere Wahrheiten?‹, fragte ich bewusst ein wenig naiv.

›Das mag sein, doch auf seinem Gebiet, der Botanik, hat er Großes geleistet.‹

›Wie kann er dann anderen absprechen, Großes zu leisten?‹

›So stellt er sich selbst in ein helleres Licht.‹

›Ein Licht, das anderswo für viel Schatten sorgt, in dem so manche Erkenntnis im Verborgenen bleibt‹, wandte ich verdrossen ein.

›Wohlan, da habt Ihr klug gesprochen.‹

Dieses Lob machte mich nun kühner, als es mir vielleicht geziemte, und so fuhr ich, tief Luft holend, fort: ›Aber was, wenn dieser Grinderman tatsächlich den Schweif der Venus entdeckt haben sollte?‹

›Dann bleibt er noch immer ein Handwerker‹, gab Lord Rutherford geduldig zurück.

›Aber ich verstehe das nicht. Er ist ein Handwerker, der Geräte für Gelehrte fertigt. Natürlich muss er sich davon überzeugen, dass seine Geräte auch funktionieren. Was ist, wenn er bei dieser Gelegenheit etwas entdeckt?‹

›Das macht ihn noch nicht zu einem Gelehrten.‹

›Und was macht Mr. Chevalier zu einem Gelehrten?‹

›Er hat immerhin in Oxford studiert.‹

Ich dachte einen Moment nach.

›Mylord, die ehrwürdige Universität zu Oxford ist nun über 600 Jahre alt, wenn ich mich nicht irre.‹

›Das ist korrekt‹, meinte Lord Rutherford und nickte zustimmend.

›Gab es denn vorher keine Gelehrten? Woher kommt

denn das Wissen, das seither gelehrt wird? War es nicht ein Schmied, der irgendwann entdeckt hat, wie er Eisen bearbeiten muss, damit daraus Stahl wird? War es nicht ein Bäcker, der herausgefunden hat, dass Hefe den Teig aufgehen lässt, und war es nicht ein Zimmermann, der gelernt hat, wie man mit Leim Holz verbindet?‹

Lord Rutherford seufzte.

›Dieser Grinderman scheint es Euch wirklich angetan zu haben. Doch vergesst eins nicht, Master Isaac: Es ist noch nicht lange her, da waren es wissenschaftliche Erkenntnisse, die so manchen braven Mann auf den Scheiterhaufen gebracht haben. Der Grat zwischen Wissenschaft und Scharlatanerie ist oft ein sehr schmaler. Es obliegt uns, das eine von dem anderen zu scheiden.‹

›Ihr meint also, der Grinderman sei ein Scharlatan?‹, fragte ich enttäuscht. Lord Rutherford schüttelte nachdenklich den Kopf.

›Das habe ich nicht gesagt. Aber es liegt an mir, unseren ehrwürdigen Kreis zu schützen, auf dass der nicht in Verruf gerät. Die Aufnahme eines Handwerkers aus Holland könnte genau dazu führen – egal, was er nun entdeckt haben mag.‹

Ich verstummte. Zwar verstand ich, was mir Lord Rutherford damit sagen wollte, doch gleichzeitig war ich tief verstimmt über solch eine Borniertheit. Wissen, so glaubte ich, sollte man aus jeder Quelle schöpfen dürfen, egal wo sie sprudelte. Damals dachte ich, dass mir der Name ›Grinderman‹ nie wieder begegnen sollte, und ich beschloss, meinen Ärger zu begraben. Doch ich sollte mich täuschen.«

Wieder unterbrach sich Lord Isaac. Doch diesmal sah er nicht nachdenklich in die Landschaft hinaus, sondern fixierte mich mit einem unergründlichen Blick. Mir ward unangenehm zumute, denn ich wusste nichts zu sagen. Schließlich senkte er seinen Blick und kramte abermals in seiner Tasche. Er zog einen weiteren Brief heraus und reichte ihn mir wortlos. Ich nahm ihn entgegen, entfaltete ihn, und das Erste, was mir auffiel, waren einige Zeichnungen, mit denen ich zunächst nicht viel anzufangen wusste.

2. Juni 1653

An die Mitglieder der Royal Society.

nun, im Moment scheint es Ihnen vielleicht wie ein Manöver, mit Ihnen zu sprechen. Ein Wissenschaftler aus dem rivalisierenden Königreich Niederlande, was wollte der schon?
Offensichtlich kommt es mir vor, wenn ich geschrieben habe, nicht gerade ein Manöver zu sein, da mein Kopf zur gleichen Zeit wie meine Hand arbeitet. Meine Hand muss diesem geheimnisvollen Charakter dienen, der in mir lebt, und dieser ist dabei, ein ganz neues Reich zu erobern.
Oft ruhe ich mich von meinen mühsamen Schleifarbeiten aus, das heißt, ich sitze und schaue …

Dieser Brief war geradezu faszinierend – von der Betrachtung einer Fliege sprach der Schreiber, davon, wie aus großer Nähe die Flügel des kleinen Insekts wirkten wie Bäume, durchzogen von einer feinen Struktur. Konnte es wirklich sein, dass ihm eine solche Erkenntnis geglückt war? Nachdem ich den Text einigermaßen entziffert hatte, schaute ich den Lord fragend an. Er lächelte.

»So habe ich auch reagiert, als mir Lord Rutherford wenige Wochen später diesen Brief übergab. Da hatte ich die Episode längst verdrängt. Als ich an jenem Tag ins Greshem College kam, erwartete mich Lord Rutherford schon ungeduldig und bat mich, kaum hatte ich abgelegt, in sein Kabinett. Bei den übrigen Mitgliedern der Academy erzeugte dieses ungewöhnliche Vorgehen für einiges Raunen und Flüstern. Ich hörte Charles Chevalier wütend zum Earl von Wexham zischen: ›Was für einen Narren hat der Alte denn an dem jungen Isaac gefressen? Noch nicht grün hinter den Ohren spielt er sich schon als der Vertraute von Lord Rutherford auf. Unerhört!‹

Ich lächelte in mich hinein und dachte an die Worte meines seligen Vaters, der mir einst gesagt hatte: ›Ein Lob wirst du in jedem Rinnstein finden, aber Neid musst du dir hart erarbeiten.‹

Lord Rutherford reichte mir also den Brief und bat mich, ihn zu übersetzen. Er schien sehr beunruhigt.

Ich begann mit der Arbeit, und wieder enthielt der Brief die Bitte um die Aufnahme in die Royal Academy. Dann berichtete der Grinderman von einem Auftrag für einen gewissen Jan Swammerdam, für den er ein Mikroskop gebaut hatte.

Der Name Swammerdam hatte schon für einiges Aufsehen gesorgt. Vor noch nicht allzu langer Zeit hatte er eine Arbeit veröffentlicht, die auch in unserem Kreis heftig diskutiert wurde. Der holländische Gelehrte hatte Froschblut mittels eines Mikroskops untersucht und dabei die roten Blutkörperchen entdeckt – so behauptete er. Doch wenn das stimmte, dann war es nicht Swammerdam, sondern der Grinderman, der die Bestandteile des Blutes erstmals angeschaut hatte. Wie dem Brief zu entnehmen war, hatte sich der Grinderman an einer Linse in den Finger geschnitten. Kurzerhand hatte er einen Tropfen seines Blutes unter das Mikroskop gelegt und das, was er sah, aufgezeichnet.

Lord Rutherford kramte in einer Schublade und zog einen anderen Brief heraus, den, in dem Swammerdam die Academy über seine Entdeckung unterrichtet hatte. Auch er hatte eine Zeichnung der roten Blutkörperchen angefertigt. Lord Rutherford hielt die Zeichnungen nebeneinander. Sie ähnelten sich verblüffend, auch wenn es einige kleine Abweichungen gab.

Ich wagte kaum zu sprechen.

Lord Rutherford schüttelte den Kopf.

›Nein, wir können es nicht tun.‹

›Ich weiß, Ihr wollt die Academy schützen‹, sagte ich leise. ›Aber bedenkt, Mylord, wenn er nun noch etwas entdecken sollte, sei es im Großen, sei es im Kleinen, und es käme heraus, dass wir ihn abgewiesen haben, würde das der Academy nicht ungleich mehr schaden?‹

Der alte Lord sah unglücklich aus. Er atmete schwer. Schließlich hob er den Arm und deutete damit auf die Tür.

›Und was sagen wir denen? Master Isaac, sagt selbst, wie wird ein Earl von Wexham, ein Sir Sinclair oder ein Charles Chevalier reagieren? Nein, wir können es nicht riskieren.‹

Ich dachte fieberhaft nach.

›Warum sucht dieser Grinderman unbedingt die Anerkennung der Academy? Kein Holländer wollte bislang Mitglied werden. Wir haben korrespondierende Mitglieder wie

Swammerdam – aber die wurden alle eingeladen. Was erhofft er sich davon?‹

›Anerkennung – Anerkennung, die er im eigenen Land nicht findet, aus den gleichen Gründen, aus denen wir ihm sie verweigern.‹

Ich dachte nach. Schließlich meinte ich schüchtern: ›Vielleicht sollten wir uns diesen Grinderman einfach einmal ansehen.‹

›Seid Ihr von Sinnen, Master Isaac?‹, rief Lord Rutherford entsetzt aus. ›Wie könnt Ihr daran auch nur einen Gedanken verschwenden!‹

Ich hob abwehrend die Hände.

›Oh, Mylord, Ihr missversteht mich. Natürlich wollen wir ihn nicht einladen. Wie sollte das auch möglich sein? Wir haben schließlich Krieg. Außerdem habt Ihr völlig recht, wir würden hier einen Aufstand provozieren. Aber ich habe eine Idee.‹

›Lasst hören‹, brummte Rutherford verstimmt.

›Nun, einer von uns müsste ihn aufsuchen, aber im Geheimen.‹

Ich hielt die Luft an.

›Wenn Ihr damit sagen wollt …‹

›Die Sache ist doch ganz einfach: Ich spreche Niederländisch, ich kenne die Naturwissenschaften, und wenn ich einige Zeit weg bin, wird das niemandem auffallen.‹

Lord Rutherford schüttelte energisch den Kopf.

›Das kommt nicht infrage. Wie ihr schon so richtig sagtet: Es ist Krieg. Was, wenn die Holländer Euch bei der Überfahrt gefangen nehmen oder gar versenken, was, wenn Ihr als Spion verhaftet werdet?‹

›Und was, wenn uns der Grinderman das nächste Mal bloßstellt?‹

›Genug geredet!‹, schnaubte Lord Rutherford und nahm mir den Brief aus der Hand.

Da merkte ich, wie aufgewühlt der alte Lord war. Noch nie hatte ich ihn in solch einem Gemütszustand erlebt, und das mag viel heißen ...«

Lord Isaac räusperte sich.

»Ihr müsst wissen, mein junger Freund, die Zeiten waren damals unruhig. England besaß keinen König mehr. Charles I. war nach einem blutigen Bürgerkrieg wenige Jahre zuvor geköpft worden. Oliver Cromwell war an der Macht und schwang sich zum Lordprotector auf. Er war es auch, der mit den Navigation Acts den Krieg mit den niederländischen Generalstaaten vom Zaun gebrochen hatte. Seine New Model Army zog durch das Land und zerstörte Bilder und Kunstwerke. Sie heerten noch schlimmer als 100 Jahre zuvor die Anhänger von Heinrich VIII. Eines könnt Ihr mir glauben, junger Freund, wenn die Zeiten für die Kunst hart werden, weht auch den Wissenschaften ein eisiger Wind ins Gesicht.«

Lord Isaac atmete schwer, als nun die Erinnerungen in ihm aufstiegen. Doch mich ließ eines nicht los.

»Was ich nicht verstehe: Hat der Grinderman am Ende dieses Briefes nicht ein entscheidendes Geheimnis offenbart?«, fragte ich.

»Ihr meint die Zutaten für das Glas, aus denen er seine Linsen fertigte?«

Ich nickte heftig.

»Ich hatte mir darüber auch meine Gedanken gemacht, und um der Wahrheit die Ehre zu geben, war es genau das, was mich antrieb, nach Holland zu reisen. Die Zutaten sind das eine, aber das richtige Mischungsverhältnis und die Verarbeitung etwas anderes. Das wollte ich herausfinden.«

Wir hörten eine gedehntes »Hoooohhhh« vom Kutschbock. Die Karosse wurde langsamer und kam zu stehen. Wenige Sekunden später öffnete der Kutscher den Schlag, klappte die Trittstufen herunter und kündigte uns eine kurze Rast an, um die Pferde zu tränken. Ich half dem alten Lord aus der Kutsche. Wir dehnten und streckten uns. Dann hakte sich Lord Isaac unter und meinte: »Lasst uns ein paar Schritte gehen.«

Schweigend gingen wir an einem schmalen Kanal entlang. Schließlich fragte ich: »Wie habt Ihr das gemeint, Mylord, das mit der Kunst und der Wissenschaft?«

»Nun, es ist ganz einfach: Wer der Kunst keinen Raum gibt, wird auch der Wissenschaft keinen gewähren.«

»Warum denn?«, fragte ich verwirrt.

»Wegen der Antworten. Kunst und Wissenschaft verbindet nämlich eines: Beide geben Antworten auf Fragen. Nun gibt es leider Machthaber, die verhindern wollen, dass überhaupt Fragen gestellt werden, weil es für sie nur eine Wahrheit gibt. Und das ist die eigene.«

Ich nickte. Das leuchtete mir ein. Die müden Augen des alten Lords schweiften über den Kanal zu den ausgedehnten Tulpenfeldern, die sich dahinter erstreckten. Er sog die Luft tief in sich hinein.

»Welch ein herrlicher Anblick!«, rief er aus.

Ich konnte ihm nur zustimmen.

»Es ist kaum zu glauben, dass diese herrlichen Blumen dieses wunderbare Land vor wenigen Jahrzehnten fast in den Ruin getrieben hätten.«

»Tulpen?«, fragte ich verdutzt.

Er begann mir von der großen Tulpenkrise zu erzählen, so lange, bis wir aus der Ferne den Ruf des Kutschers hörten und wieder umdrehten. Lord Isaacs Geschichte war zweifellos spannend, doch mich interessierte viel mehr, was aus dem Grinderman geworden war. Wir bestiegen die Kutsche, nahmen unsere Plätze wieder ein, und der Lord kam von selbst wieder auf das Thema zu sprechen:

»In den unruhigen Tagen der Republik, die sich Commonwealth nannte, vergaßen wir den Grinderman bald wieder. Ich hatte mich damit abgefunden, nicht in die Niederlande zu reisen, und mich anderen Dingen zugewandt. Doch kurz nach der Jahreswende bat mich Lord Rutherford wieder in sein Kabinett. Ich folgte ihm mit klopfendem Herzen, ahnte ich wohl, dass wieder ein Brief gekommen war. Das Gesicht des Alten war fahl, als habe er eine schreckliche Nachricht erhalten. Doch er konnte nicht wissen, was in diesem Brief stand, war er doch des Niederländischen nicht mächtig. Ich nahm die Blätter und setzte mich.

Es brauchte seine Zeit, bis ich den verschnörkelten Wendungen einen Sinn entlocken konnte, doch als es mir gelungen war, klopfte mein Herz wie rasend. Ich schaute Lord Rutherford flehend an.

›Beginnt schon!‹, rief dieser ungeduldig.

›Mylord, bitte … Es ist so ungeheuerlich. Ich wage es kaum.‹

›Ich habe es Euch befohlen, Master Isaac, gehorcht!‹

Zitternd begann ich, ihm den Inhalt wiederzugeben. Der Grinderman berichtete von einer ganz besonderen Linse, die ihm gelungen war. Genaueste Berechnungen waren dafür nötig gewesen. Er hatte offenbar versucht, eine Linse zu schleifen, die es ihm ermöglichte, einen Blick in die Vergangenheit zu werfen! Und diesen Blick offenbarte er in seinem Brief: Er war Zeuge des Schöpfungsaktes geworden! Er hatte den Moment erblickt, als unser Herrgott, unser aller Urahn, Adam erschaffen hatte!

Lord Rutherford ließ sich in einen Sessel fallen. Er bewegte seine Lippen, aus denen alles Blut gewichen war, auf und ab, als wolle er etwas sagen. Allein, ihm versagte die Stimme. In diesem Moment fürchtete ich, der Schlag könnte den alten Mann treffen.

Auch mir war es nicht wohl in meiner Haut. Doch wie konnte ich daran zweifeln? Die Entdeckung des Schweifs der Venus, die Betrachtung der Blutkörperchen – alles sprach dafür, dass dem Grinderman eine weitere Sensation gelungen war.

Seine Linsen waren imstande, den Menschen Dinge sehen zu lassen, die dem menschlichen Auge verborgen blieben. Wenn das auf unfassbare Entfernungen möglich war, wenn das bis in die kleinsten Teilchen möglich war, warum sollten die Linsen dann nicht auch die Zeit überbrücken können? Wenn es ein Teleskop gab, wenn es ein Mikroskop gab, warum sollte es dann nicht möglich sein, Linsen so zu schleifen, dass man daraus ein Chronoskop bauen konnte?

Langsam erholte sich Lord Rutherford wieder. Er keuchte ein wenig.

›Wir müssen die Briefe vernichten‹, flüsterte er.

›Nein!‹, rief ich gequält aus. ›Das dürfen wir nicht tun.‹

›Ist Euch nicht klar, was das bedeutet?‹, presste der Lord mühsam heraus. ›Wenn diese Briefe bei uns entdeckt werden, wenn es herauskommt, was darin zu lesen steht, dann sind wir tot. Alle! Cromwell wird jedes Mitglied der Academy zum Schweigen bringen. Die New Model Army wird hier alles zerstören, wir werden im Tower of London landen und dort so lange verrotten, bis sie unser aller Häupter auf den Richtblock legen.‹

Er sackte in sich zusammen und schloss die Augen. Wieder bewegten sich seine Lippen, aber dieses Mal schien er zu beten. Ich nahm all meinen Mut zusammen.

›Mylord, ich schwöre bei allem, was mir heilig ist, dass ich keiner Menschenseele berichten werde, was ich hier gelesen habe. Wir müssen die Briefe an einen sicheren Ort bringen, um sie vor jedermanns Blicken zu verbergen. Aber es werden wieder bessere Zeiten kommen, und dann werden diese Briefe unschätzbar sein, weil sie die Wahrheit offenbaren.‹

Lord Rutherford nickte kraftlos.

›Vielleicht habt Ihr recht, Master Isaac‹, murmelte er.

So gingen wir am Abend in den Keller des College, hoben eine schwere Bodenplatte heraus, verstauten die Briefe des Grinderman in dem Loch darunter und legten die Platte wieder darauf. Niemand sollte die gefährlichen Briefe je finden.

Ich sollte recht behalten. Die Zeiten wurden besser, und so habe ich später die Briefe an mich genommen. Hier ist der dritte Brief des Grinderman, der uns so tief erschüttert hatte.«

Lord Isaac kramte in seiner Tasche und reichte mir den Brief. Ich muss gestehen, dass auch mich die Erzählung tief ergriffen hatte, und ich konnte es kaum erwarten, zu lesen, was den alten Lord Rutherford in solch panische Zustände getrieben hatte. Ich begann zu lesen, und auch mein Herz klopfte nun wie wild.

12. Dezember 1653

An die Mitglieder der Royal Society.

Ich schreibe Ihnen, um Ihnen von meiner letzten Entdeckung zu berichten.

Ich versuche, meine Aufregung zu bändigen, und bitte zu entschuldigen, wenn dadurch die Schrift ein wenig zittrig erscheint. Doch diese Entdeckung ist so gänzlich groß, ich habe sie vollbracht: eine Linse, mit der man nicht nur im Raum, sondern auch so ganz in die Zeit treten kann – auch wenn nur für einen Augenblick …

Als ich die Beschreibung des Schöpfungsaktes las, entstand vor meinen Augen sofort ein Bild, das sich mit anderen Bildern aus meiner Erinnerung vermischte. Ich sah die sanften Hügel der Toskana, den Dom in Florenz und dann Rom, die ewige Stadt.

Zwei Jahre zuvor, als Jungspund, war ich nach Italien gereist, um mich von den großen Künstlern der Renaissance inspirieren zu lassen, so, wie ich mich nun in den Niederlanden auf die Spuren der alten Meister begeben hatte. Das, was der Grinderman gesehen hatte, war sehr wohl der

Schöpfungsakt, aber es war der Schöpfungsakt aus Sicht Michelangelo Buonarrotis, wie er ihn an die Decke der Sixtinischen Kapelle gemalt hatte.

Ich berichtete Lord Isaac von meiner Reise und davon, dass der Grinderman die Erschaffung des Adams exakt als Bildbeschreibung wiedergegeben hatte.

Lord Isaac schüttelte ungläubig den Kopf.

»Das ist völlig unmöglich!«, rief er aus.

»Vielleicht war er ja in Rom«, schlug ich vor.

»Nein, das kann nicht sein. Ich weiß nämlich eines ganz genau: Der Grinderman hat Delft nie verlassen – er ging nicht einmal aus seinem eigenen Haus.«

Ich schüttelte nur den Kopf und schaute Lord Isaac zweifelnd an.

»Verzeiht mir, Mylord, aber es muss so sein. Ich habe die Sixtina mit meinen eigenen Augen gesehen. Der Grinderman hat sie genau beschrieben, sogar die Farbgebung.«

Lord Isaac kratzte sich nachdenklich am Hinterkopf. Er begann etwas zu murmeln.

»Hm, ja, genau! Sein Malerfreund, so muss es gewesen sein.«

Ich schaute ihn verblüfft an.

»Vom wem sprecht Ihr?«

»Junger Freund!«, rief der Alte plötzlich aufgeregt, und Tränen traten in seine Augen.

»Junger Freund«, wiederholte er. »Wenn Ihr recht habt, dann ... Nach all den Jahren ... Kann es wirklich wahr sein?«

»Mylord, beruhigt Euch. Was kann wahr sein?«

Er benötigte einige Minuten, um sich zu sammeln. Dann fuhr er fort:

»Damals trugen Lord Rutherford und ich ein Geheimnis mit uns herum, von dem niemand wissen durfte. Es lastete schwer auf mir, war mir doch bewusst, in welche Gefahr uns die Briefe des Grinderman hätten bringen können. Die Wochen und Monate vergingen. Der Krieg mit den Generalstaaten neigte sich dem Ende zu. Im Jahr zuvor hatte es bei Scheveningen eine gewaltige Seeschlacht gegeben. 127 Schiffe der Holländer trafen auf 120 englische Kriegsschiffe. Zwar mussten die Holländer fliehen, doch der erschöpften und schwer gezeichneten englischen Flotte fehlte es an Kraft, um dem Feind nachzusetzen. Es blieb bei kleineren Scharmützeln und Kaperungen. Die Überquerung des Kanals war also noch immer eine hochgefährliche Angelegenheit.

Am 8. Mai wurde der Frieden zu Westminster geschlossen und das Reisen nach Holland war grundsätzlich wieder möglich. Doch was sollte ich dort? Am Ende hätten die Ergebnisse meiner Erkundungen die Academy vielleicht doch nur in Gefahr gebracht. Nur wenige Tage nach dem Friedensschluss bat mich Lord Rutherford, ernst und bleich, wieder in sein Kabinett.

Er schloss die Tür und nickte nur. Ich verstand ihn auch ohne Worte. Er wies mich mit einem stummen Zeichen seines ausgestreckten Armes an, an seinem Sekretär Platz zu nehmen. Ich begann mit der Übersetzung. Immer wieder hielt ich inne, stutzend, und mir kam der Gedanke, dass sich der Geist des Grinderman verwirrt haben könnte.

Er berichtete von einer Reise, und mir war zunächst nicht klar, dass es die Linse war, mittels der er diese Reise angetreten hatte. Was ich las, ließ mir das Blut in den Adern gefrieren. Der Grinderman beschrieb in seinem Brief die finsterste

Blasphemie. Er berichtete, dass er die Linse so ausgerichtet habe, dass er damit ins Jahr 1486 reisen konnte. Sogar den Tag hatte er mit dem 21. März exakt angegeben. Was er an diesem Tag gesehen haben will, war nichts weniger als die Wiederkunft Gottes auf der Erde, an einem unbekannten Gestade eines fernen Meeres. Doch als habe das noch nicht genügt, schreibt der Grinderman, dass Gott nicht als Mann, sondern als Frau wieder erschienen sei! Als Frau! Bedenkt, junger Freund, welch ein Frevel!«, rief Lord Isaac empört.

Doch mir fiel es schwer, seine Empörung zu teilen, entstammte ich doch einer viel jüngeren und aufgeklärteren Generation. Gleichwohl will ich nicht verhehlen, dass auch ich ein leichtes Unbehagen verspürte, als mir Sir Isaac davon berichtete.

»Nun«, begann ich zögernd, »vielleicht gibt es ja dafür eine andere Erklärung als die, die der Grinderman angeboten hat.«

Lord Isaac schaute mich misstrauisch an. Dieses Mal machte er auch keine Anstalten, mir den fraglichen Brief zu reichen. Im Gegenteil. Er hielt seine Tasche geradezu krampfhaft fest, als fürchtete er, ich könnte sie ihm entreißen.

»Erlaubt Ihr mir, einen Blick auf den Brief zu werfen, Mylord?«, fragte ich unumwunden.

Verblüfft blickte er auf seine Hände, die seine Tasche so fest umklammerten, dass die Knöchel weiß hervortraten.

»Oh ja, gewiss doch, warum nicht?«, antwortete er zögerlich.

Er öffnete die Tasche, kramte ein wenig und zog schließlich den vierten Brief hervor. Ich begann zu lesen, und schon bald schien mir die beschriebene Szenerie fast vertraut.

11. Februar 1654

An die Mitglieder der Royal Society.

Vorab möchte ich Ihnen etwas erklären, um die Eindrücke meiner letzten Reise zu verdeutlichen.

Ich habe die Mythologie immer der Geschichte vorgezogen, weil die Geschichte aus Wahrheiten besteht, die schließlich zu Lügen werden, und die Mythologie aus Lügen, die schließlich zu Wahrheiten werden.
Und wenn ich das Glück habe, noch in meinen Gedanken zu leben, dann in einer mythologischen Form, und ich werde erklären, warum.
Meine Linse erlaubte mir eine Reise zu den Göttern. Nein, nicht dem Himmel konnte ich einen Besuch abstatten, sondern vielmehr erlaubte mir die Linse einen Blick in den Moment, als die Götter vom Himmel zur Erde abstiegen. Ja, ich wurde Zeuge vom Augenblick der Ankunft, und dieser Gott war gar kein Mann, sondern eine Frau! Eine Göttin, stellen Sie sich vor – an Schönheit nicht zu übertreffen.

Der Moment ihrer Ankunft scheint gar nicht allzu lange her, denn als Datum hatte ich meine Linse auf den 21. März 1486 gerichtet. Nun will ich in allen Details davon berichten, was ich sah. Zunächst war da das Meer, rechts eine Küste.
Nahe der Küste stand eine nackte Frau auf einer halben Muschel im Meer! Sie verdeckte ihre rechte Brust mit der rechten Hand. Die linke Brust lag frei. Die Scham bedeckte sie mit ihren langen Haaren, die sie in der linken Hand hielt. Die Haare waren in hellem Goldgelb gehalten und wehten zur rechten Seite. Sie umrahmten ihr liebliches Gesicht. Sie blickte mir direkt in die Augen. Jedoch war mir ihr Ausdruck unklar. Sie blickte freundlich, und es schien so, als ob ihre Mundwinkel zu einem leicht angedeuteten

Lächeln verzogen waren. Durch ihren zierlichen Kopf wirkte sie äußerst anmutig. Sie hob sich von den anderen Personen um sie herum deutlich ab, strahlte regelrecht durch ihre helle Haut. Eine Göttin wohl.
Die Muschel, auf der sie stand, wurde durch einen Windstoß an ein Ufer getrieben. Die Muschel könnte ihrer Form und ihrem Aussehen nach eine Jakobsmuschel gewesen sein. Auffallend war, dass das Weiß der Muschel und die Hautfarbe der Göttin nahezu übereinstimmten.
Die Göttin stand auf der Muschel jedoch merkwürdig, mit unnatürlicher Fußstellung auf dem Wirbel. Fast machte es für mich den Eindruck, als würde sie schweben, denn die Gesetze der Schwerkraft ließen diesen Standort und diese Standposition nicht zu.
Links neben ihr waren zwei weitere Gestalten. Die beiden wirkten auf mich so, dass sie auch als Engel identifiziert werden könnten. Die zwei bliesen die Backen auf und stießen Luft aus in die Richtung der Frau, als wollten sie diese im Moment der Ankunft unterstützen.
Der eine schien seine ganze Kraft in das Blasen zu stecken. Seine rechte Hand war in sehr angespannter Haltung, auch sein angestrengter Gesichtsausdruck verriet den unglaublichen Kraftakt. Er war es, der die Windrichtung vorgab, durch welche die Frau auf der Muschel ans Ufer getrieben wurde.
Beide waren jeweils mit einem flatternden Tuch umwickelt: Der eine trug ein blaues Tuch, die zweite Figur ein braunes. Um die beiden tanzten Blumen! Die einen in leichtem Rosa, mit Stiel und Blatt. Es waren an sich so an die dreißig Blumen, die durch die Luft flogen. Es könnte sich um Rosen gehandelt haben.
Und rechts neben der Göttin, an der Küste, eilte eine weitere Person auf sie zu. Diese war im Begriff, der nackten Göttin einen großen Mantel umzuwerfen.
Es musste deshalb ein Mantel sein, da ich den Kragen dessen erkannte. Der Mantel war in Rot gehalten, nur der Saum schien etwas golden.

Kleine Pflanzen mit feinen Blüten schmückten den Stoff. Im Gegensatz zu der nackten Göttin und dem spärlich bekleideten Engelspaar am Himmel war die Gestalt in ein Kleid eingehüllt, nur ihre Füße waren nackt. Ihr Gewand war von vielen kleinen lila Blumen geziert. Zudem trug sie noch eine mehrreihige Kette aus Blättern um den Hals und einen Kranz aus rosa Blumen um die Taille. Ihr linker Oberarm wurde von einem goldenen Reifen geziert, der eventuell in der Form einer Schlange dargestellt gewesen sein könnte. Dies war jedoch für mich schwer zu erkennen. Die Frau hatte, wie die Göttin, lange Haare. Allerdings waren ihre einen Deut dunkler als die der Göttin und zu einer kunstvollen Frisur geflochten. Ein Zopf legte sich wie eine Krone um ihr Haupt.
Das Meer war in Bewegung. Vor allem am Ufer, an das die Göttin getrieben wurde, war das Meer in Aufruhr. Am Ufer ein Schilfgewächs. Die Landschaft war eher karg, ein paar kleine Hügel. Insgesamt machte ich fünf Buchten aus und eine etwas längere Landzunge am Horizont. In der Ferne erahnte ich vereinzelte Bäume, und ab und zu entdeckte ich auch einen kleinen Strauch. Aufgefallen waren mir noch drei Bäume. Diese zeichneten sich vor allem durch ihre nahezu geometrisch geraden und dünnen Stämme aus. Ihr Blattwerk war sehr üppig, die Blätter waren oval in einem satten Dunkelgrün.
Alles schien desselben Ursprungs zu sein. Doch in welchem Land sich das alles zugetragen hat, ist mir verschlossen geblieben.
Nur eine Gewissheit habe ich mitgenommen: dass es Göttinnen gibt!

Ich legte den Brief beiseite, schloss die Augen und sah mich in den Uffizien zu Florenz stehend, staunend vor jenem Meisterwerk, das der Grinderman so detailgetreu beschrieben hatte.

Nachdem ich den Brief ein zweites Mal gelesen hatte, reichte ich ihn an Lord Isaac zurück und lächelte.

»Seid getrost, Mylord, was der Grinderman hier geschrieben hat, hat nichts Gotteslästerliches an sich – nun gut, das mögen strenge Puritaner oder Calvinisten vielleicht anders sehen. Aber seid versichert, der Grinderman hat das, was er gesehen hat, wohl falsch interpretiert.«

Lord Isaac räuspert sich. Er runzelte die Stirn und schien fast übellaunig zu werden.

»Master Kröller«, antwortete er steif, »was erkühnt Ihr Euch? Die Worte sagen doch alles.«

»Verzeiht mir, Mylord. Aber dieses Bild, das der Grinderman beschreibt, ist mir wohlbekannt.«

»Wie kann das sein?«, rief Lord Isaac aufgebracht.

»Ich habe Euch doch von meiner Italienreise vor zwei Jahren berichtet. Sie führte mich auch nach Florenz, und für mich ergab sich die einzigartige Gelegenheit, die Sammlung der Medici in den Uffizien zu besichtigen.«

»Von den Uffizien habe ich gehört, natürlich. Aber sie sind nicht für jeden zugänglich, soweit ich weiß.«

»So ist es – und ganz bestimmt nicht für einen einfachen Linsenschleifer aus Delft, da seid gewiss.«

»Wie ist es Euch gelungen …«

»Beziehungen, Glück, ein guter Leumund und ein Empfehlungsschreiben haben mir den Weg geebnet. Doch das ist im Moment nicht von Belang. Viel wichtiger ist, dass der Grinderman in diesem Brief ein großes Gemälde von Sandro Botticelli beschreibt. Es handelt sich um das Bild *Die Geburt der Venus* und beschäftigt sich mit der römischen Mythologie. In einem hat der Grinderman allerdings recht: Botticelli hat das Bild tatsächlich 1486 beendet.«

Lord Isaac sackte ein wenig in sich zusammen. Er schüttelte den Kopf und stammelte: »Hätte ich all das damals nur schon gewusst.«

Ich war natürlich begierig darauf, zu erfahren, wie die Geschichte weiterging und was sich geändert hätte, wären dem Lord damals schon die Fakten bekannt gewesen. Doch Lord Isaac wirkte zu erschüttert, um seine Erzählung fortsetzen zu können. Er blickte hinaus in die falsche Landschaft, seine Lippen bewegten sich tonlos, und er schien völlig vergessen zu haben, wo er war. Endlich wandte er sich wieder zu mir. Seine Stimme klang schwer:

»Ihr habt es nun auch verdient, den Schluss der Geschichte zu erfahren: Nach diesem Brief, den wir für so gotteslästerlich hielten, kreisten unsere Gedanken darum, wie wir es verhindern könnten, dass uns noch mehr solcher Schreiben erreichen würden. Es war ja möglich, dass einer dieser Briefe vielleicht einmal abgefangen würde und unsere Academy in die allergrößte Bedrängnis brächte. Wieder schlug ich Lord Rutherford vor, nach Holland zu reisen. Ich verhehle allerdings nicht, dass mich noch ein anderer Wunsch antrieb, als dem einseitigen Briefverkehr endlich ein Ende zu setzen. Ich hoffte, wünschte, ja ersehnte, bei dieser Gelegenheit selbst einen Blick durch die Linse werfen zu können. War es tatsächlich möglich, mittels ihres Schliffs und einzigartigen Beschaffenheit, in eine andere Zeit zu blicken? Oder ermöglichte sie nur einen Blick in ferne Länder und abgeschlossene Räume? Doch auch diese Möglichkeit schien mir kaum weniger aufregend. Letztere schien mir im Übrigen wesentlich plausibler.

Dass fein geschliffene Linsen große Entfernungen überbrücken konnten, war ja nun einmal bewiesen. Alles schien nur eine Frage des richtigen Schliffs und des verwendeten Materials.

Zunächst konnte sich Lord Rutherford nicht überwinden, mich ziehen zu lassen. Doch sein Widerstand begann zu bröckeln. Mit der Zeit wuchs auch seine Furcht davor, dass wieder einer dieser ungebetenen Briefe seinen Weg nach London finden könnte. Und das machte ihm Angst. Endlich gab er seine Zustimmung. So reiste ich am 11. Oktober nach Gravesend, von wo aus ich am nächsten Morgen mit einer holländischen Fleute mit dem Ziel Den Haag in See stechen sollte.

Ich begab mich schon abends an Bord. Im ersten Morgengrauen legte das kleine Handelsschiff mit ablaufendem Wasser ab, und als ich erwachte, hatten wir die Mündung der Themse bereits erreicht. Es war ein herrlicher Tag, ich weiß es noch, als wäre es gestern gewesen. Ich stand am Vorschiff und schaute hinaus auf die weite See, als gegen Viertel nach zehn von Osten her ein Donnergrollen aufzog.

Alle schauten sich verwundert an. Ein Gewitter konnte es nicht sein. Der Himmel war blau, und für einen Herbsttag zeigte sich die Nordsee von ihrer besten Seite. Nur eine leichte Dünung klatschte an die Bordwand.

Das Donnergrollen rauschte zu uns heran, über uns hinweg und verschwand alsbald, als wäre es eine Welle. Kein Wölkchen war zu sehen, nichts kündete von einem Unwetter. Die Seeleute schauten einander an und zuckten mit den Schultern, um dann weiter ihrer Arbeit nachzugehen.

In Den Haag angekommen, suchte ich nach einem Kutscher, der mich nach Delft bringen sollte. Da erfuhr ich die schlimme Wahrheit: Niemand wollte mich fahren.

Ein Kutscher, der sich rundheraus geweigert hatte, erklärte mir: ›Mijnheer, habt Ihr nicht gehört? Delft gibt es nicht mehr. Der Teufel hat die ganze Stadt geholt, heute Morgen. Ihr werdet niemanden finden, der Euch an diesen verfluchten Ort bringt!‹

Der Teufel hatte Delft geholt? Sofort fiel mir der gotteslästerliche Brief wieder ein. Hatte der Grinderman einen Fluch auf die Stadt gezogen? Ich schalt mich selbst einen Narren. Nannte ich mich nicht Wissenschaftler? Aber wer konnte das schon genau wissen? Andere Stimmen gaben uns Engländern die Schuld. Es war die Rede davon, dass wir den Pulverturm der Stadt gesprengt hätten. So schien es mir geraten, mich nicht als Engländer enttarnen zu lassen. Doch mein Akzent verriet mich schnell, und so gab ich mich als Schotte aus. Ich verbrachte die Nacht in einer Herberge, misstrauisch beäugt, und tat kein Auge zu, fürchtete ich doch die Rache der Holländer.

Am nächsten Morgen versuchte ich mein Glück erneut, und siehe da, ich fand einen jungen Kutscher, den nicht nur mein üppiges Angebot, sondern auch die Neugier trieb.

Am Nachmittag erreichten wir Delft, und es bot sich uns ein Bild des Grauens. Ein Viertel der Stadt ward dem Erdboden gleichgemacht, der Rest hatte teilweise große Schäden erlitten. Ich fand ein Gasthaus, das noch einigermaßen unversehrt schien. Es hieß *Zum fliegenden Fuchs*. Von hier aus wollte ich meine Suche nach dem Grinderman starten, doch ich fürchtete, ihn nicht mehr zu finden. Ich hatte mir eine Geschichte zurechtgelegt, nicht allzu weit von der Wahrheit entfernt, aber auch nicht zu wahr, um als Mitglied der Academy erkannt zu werden.

So saß ich am Abend in der Schankstube, nahm all meinen Mut zusammen und rief den Wirt zu mir, einen großen Mann mit ausladendem Bauch und Schnauzbart.

›Es ist ja ein entsetzliches Unglück, das Euch widerfahren ist‹, sagte ich zu dem Mann.

›Fürwahr, über tausend Seelen hat die Explosion gefordert.‹

Vorsichtig wagte ich mich weiter vor.

›Weiß man schon, wie so etwas passieren konnte?‹

Der Mann winkte ab.

›Glaubt dem Geschwätz nicht, wenn Euch jemand etwas vom Teufel erzählt – oder den Engländern. Ihr seid selbst einer, ich hör's an Eurem Zungenschlag. Es war der Verwalter des Magazins, Cornelis Soetens!‹ Er beeilte sich, ein Kreuz zu schlagen. ›Der Unglücksrabe ging mit einer offenen Lampe in den Turm – und dann – bumm!‹ Dabei breitete er ruckartig beide Arme aus, um die Detonation nachzuahmen.

›Entsetzlich, entsetzlich‹, bestätigte ich ihm.

›Und was führt Euch in unseren verfluchten Ort?‹

Ich seufzte laut.

›Ich bin der unglückliche Adlatus eines Magisters aus Oxford. Er hat hier Linsen für sein Labor bestellt, die ich abholen soll.‹

›Ah, Ihr sucht sicher Meister Leeuwenhoek. Da habt Ihr Glück! Er hat das Unglück unbeschadet überlebt.‹

Ich schaute den Wirt verblüfft an.

›Leeuwenhoek? Aber nein. Mir wurde aufgetragen, nach einem Meister Grinderman zu fragen.‹

Der Wirt blickte mich unergründlich an, schüttelte kurz den Kopf, drehte sich um und rief laut: ›Jan, komm her, aber schnell.‹

Ich hörte hastige Schritte auf der Treppe. Ein junger Mann trat an den Tisch. Er mochte um die 20 Jahre alt sein. Er trug eine Schürze voller Farbkleckse, und auch sein glatt rasiertes Gesicht hatte einige Farbspritzer abbekommen. Vor mir stand ganz offensichtlich ein Maler.

›Der Herr sucht den Grinderman.‹

Die Augen des jungen Mannes wurden traurig. Ohne zu fragen oder sich vorzustellen, setzte er sich zu mir.

›Seid Ihr aus London? Kommt Ihr von der Academy?‹

›Woher wisst Ihr ...?‹

›Die Briefe?‹

Ich schluckte. Entsetzen kroch in mir hoch.

›Woher wisst Ihr von den Briefen?‹

Der junge Mann lachte kurz auf.

›Wie soll ich nicht davon wissen? Ich habe doch dafür gesorgt, dass sie verschickt wurden.‹

›Ihr wisst also, was sie enthielten?‹, fragte ich lauernd.

›Oh nein‹, sagte der junge Mann und hob abwehrend die Hände. ›Ich habe nur dafür gesorgt, dass sie auf die richtigen Schiffe kamen. Ihr wisst ja, der Krieg. Aber ich weiß zumindest, dass Grinderman in allen Briefen um die Aufnahme in die Academy bat. Und jetzt seid Ihr da. Jetzt, wo es vielleicht zu spät ist.‹

›Ist der Grinderman tot?‹, fragte ich bange.

Der junge Mann hob entschuldigend seine Schultern.

›Ich weiß es nicht. Niemand weiß es. Das Haus hat die Explosion fast unbeschadet überstanden. Aber es ist leer.‹

›Vielleicht hat er ja das Haus verlassen und die Explosion ...‹

›Nein, Mijnheer, das ist völlig unmöglich. Grinderman

hat das Haus nie verlassen, nicht, solange ich die Werkstatt kenne. Niemand hat Grinderman je gesehen.‹

›Auch Ihr nicht?‹, fragte ich verblüfft. ›Mir schien, als wäret Ihr so etwas wie sein Freund.‹

Der junge Maler nickte.

›Das stimmt schon, wenn Grinderman einen Freund hatte, dann war das sicher ich. Aber so richtig stimmt das auch wieder nicht‹, fuhr der junge Maler fort. ›Ich will es Euch erklären. Grinderman ist oder war der beste Linsenschleifer auf Gottes schöner Erde. Viele meinen, Meister Leeuwenhoek sei der beste. Aber seht, Grinderman ist auch nicht der richtige Name, keiner kennt den. Man nennt Grinderman einfach so. Meine Aufgabe war es, Briefe zu bringen, wenn jemand einen Auftrag erteilen wollte, und die fertigen Sendungen abzuholen und sie zu verschicken. Zudem brachte ich Brot, Wasser, Käse, Wein – was man halt zum Leben braucht.‹

›Und was habt Ihr dafür bekommen?‹

Der junge Mann lächelte rätselhaft und meinte: ›Das will ich nicht sagen. Das ist unser beider Geheimnis.‹

›Und Ihr habt nie mit ihm gesprochen, ihn nie gesehen?‹

Der junge Mann wand sich.

›Es mag merkwürdig klingen: Wir haben sogar sehr oft und sehr lange miteinander gesprochen. Nur sehen durfte ich Grinderman nie.‹

Er hielt inne und sagte schließlich: ›Nur einmal.‹

›Wie soll das gehen?‹

›Grinderman verbarg sich stets hinter einem Vorhang. Doch einmal bat ich Grinderman, sie malen zu dürfen.‹

›*Sie?* Ihr meint, Grinderman war … eine Frau?‹

Der junge Maler schaute zu Boden und schwieg.

Es dauerte eine Zeit, bis sich meine Gedanken ordneten. Grinderman war eine Frau, das war ihr Schicksal.

Der junge Maler, der sich nun noch einmal mit dem Namen Jan vorstellte, bat mich, mit in sein Atelier zu kommen, um sein Porträt von Grinderman zu zeigen.

Das Bild zeigte zunächst einen großen grünen Vorhang. Davor musste Jan gestanden haben, um das Porträt aus einiger Entfernung anzufertigen.

Hinter dem grünen Vorhang gab das Bild den Blick frei auf eine Frau, die einen Brief an einem offenen Fenster las. Ich war sofort gefangen von ihr.

Ungläubig fragte ich: ›Sie ist Grinderman?‹

Jan nickte.

›In den Händen hält sie einen der Briefe, der an Euch adressiert war.‹

›Worüber habt Ihr mit ihr gesprochen?‹

Der Maler zuckte mit den Schultern.

›Über alles Mögliche. Über Wissenschaft, über Kunst, über Perspektiven – und über die Wahrheit …‹

›Die Wahrheit‹, murmelte ich versonnen.

›Und natürlich über meine große Reise‹, erklärte der junge Mann und plusterte sich etwas auf. ›Ich war in Italien, müsst Ihr wissen, und in Sachsen. Von dort brachte ich ihr Mineralien mit, die sie für die Herstellung ihrer Linsen brauchte. Sie waren das Geheimnis ihrer Linsen, sagte sie stets.‹

›Wann habt Ihr sie zum letzten Mal gesehen?‹

›Es war am Morgen vor dem großen Unglück. Etwa eine Stunde zuvor hatte ich noch einen Brief abgeholt. Er war an die Academy adressiert. Den kann ich Euch jetzt ja …‹

Er zog einen Umschlag aus dem Wams und reichte ihn mir. Ich betrachtete den Brief und steckte ihn schließlich ein.

›Wollt Ihr ihn nicht lesen?‹, fragte der junge Mann enttäuscht.

›Später – vielleicht.‹

Wir redeten noch einige Zeit. Wann immer ich versuchte, mehr aus ihm herauszubringen, etwa mehr über die Dinge, über die sie sich im Detail unterhalten hatten, ließ er mich klar wissen, dass er darüber nicht sprechen wollte. Schließlich verabschiedeten wir uns. Ich blieb noch einen Tag und eine Nacht, irrte durch die Trümmer von Delft, doch Grinderman blieb verschwunden. Auch den jungen Maler sollte ich nicht wiedersehen. Wer weiß, was aus ihm geworden ist.

Und damit endete meine Geschichte. Ich reiste zurück nach England, bedrückt, dass ich dieses Geheimnis wohl nie lüften würde, obwohl ich ihrem Schicksal irgendwie nähergekommen war. Doch die Begegnung mit dem jungen Maler Jan und dass Grinderman eine Frau war, behielt ich für mich.

Lord Rutherford hingegen schien sehr froh zu sein, dass dieser Spuk endlich vorbei war. Drei Jahre später starb er einen sanften Tod. Ich nahm die Briefe an mich und bewahre sie seither bei mir auf. Nie reise ich ohne sie, sie sind meine stetigen Begleiter.«

Lord Isaac sah wieder hinaus auf die Felder und schien nun das Gespräch beenden zu wollen. Doch ich insistierte.

»Aber was war mit dem fünften Brief? Was habt Ihr darin gefunden, Mylord?«

Lord Isaac schüttelte nur milde den Kopf.

»Ich habe ihn nie geöffnet.«

Ich starrte ihn an, konnte es nicht begreifen.

»Junger Freund«, erklärte er geduldig, »die Briefe von Grinderman waren verstörend und schienen uns unglaubliche Dinge zu offenbaren, für die wir einfach noch nicht reif waren – vielleicht auch nicht dafür, dass Grinderman eine Frau war.«

»Aber Ihr seid doch Wissenschaftler, da macht es doch keinen …«

»Wissenschaft trägt aber auch Verantwortung. Vergesst nie, in welcher Zeit wir lebten. Die Bilderstürmer schlugen alles kurz und klein, was nicht in ihr Weltbild passte. Erst Ihr habt mir geholfen, wenigstens einen Teil dieser Geheimnisse zu offenbaren.«

»Aber dann könnt Ihr doch jetzt …«

»Nein«, unterbrach er mich schroff. »Über 60 Jahre habe ich diesen Brief ungeöffnet bei mir getragen. Meine Zeit ist bald gekommen. Für mich ist er jetzt ohne Belang.«

»Aber dann werden wir nie erfahren, was die letzte Botschaft der Grinderman war.«

»Und wenn sie den Weltuntergang gesehen hat? Die Apokalypse? Das Jüngste Gericht? Und wenn sie das genau mit Datum und Uhrzeit beziffert hat, weil es ihr ihre Linse verraten hat? Wollt Ihr die Verantwortung auf Euch nehmen?«

Ich schwieg betroffen.

»Aber vielleicht … Vielleicht ist es ja an Ihnen und Ihrer Generation, den Brief zu öffnen.«

Er kramte in seiner Tasche und zog den letzten Brief heraus. Ein rotes Siegel verriet, dass er tatsächlich seit über

60 Jahren nicht geöffnet worden war. Lord Isaac reichte mir den Umschlag.

»Das ... Das kann ich nicht annehmen«, stammelte ich.

»Ihr müsst. Ihr habt die anderen Briefe zu deuten gewusst, vielleicht werdet Ihr auch den letzten verstehen.«

Mit zitternden Händen nahm ich den Brief entgegen.

*

Tags darauf trennten sich unsere Wege. Lord Isaac stieg in Delft aus, und ich fuhr weiter nach Den Haag. Immer wieder tasteten meine Hände nach dem Brief, doch ich wagte es nicht, ihn zu öffnen. Wochen später, als ich wieder zu Hause in Köln in meiner Kammer saß, fand ich endlich den Mut, das Siegel zu brechen. Es dauerte lange, bis ich ihn aus dem Niederländischen in ein lesbares Deutsch übersetzt hatte. Tatsächlich enthielt der Brief wieder ein Datum, und wie Lord Isaac befürchtet hatte, deutete das Datum in die Zukunft. Grinderman berichtet, dass sie die Linse auf den 25. Juni 1889 gerichtet habe.

Doch sie beschreibt weder Weltuntergang noch die Apokalypse. Mir scheint es wieder die Darstellung eines Bildes zu sein. Es verwirrt mich, denn ich kenne keinen Maler, der so etwas malen würde. Grinderman schreibt von einem um sich selbst kreisenden Spiralband von Nebel und dem Schweif eines Kometen, von Lavendelfeldern und Zikaden. Sie beschreibt eine Sternennacht.

Vielleicht geht es mir wie Lord Isaac, muss ich seither denken. Vielleicht gilt der Brief erst einer Generation, die nach mir kommt.

12. Oktober 1654

An die Mitglieder der Royal Society.

Ich habe alle Wände dekoriert, und es ist möglich, dass das Haus bald nicht mehr existiert. Aber dies ist kein Abschiedsbrief, denn ich glaube nicht an den Tod.

Ich glaube nicht an den Tod, weil der Tod nur eine der Lebensformen ist. Und ich glaube, dass der heilige Augustinus nicht dumm war, als er sagte, ein Mensch sei nur eine Art Aufenthaltsort.
Letzte Nacht dachte ich, als ich zum Mond hinaufschaute, an die Unendlichkeit – in Raum und Zeit. Ich sah unseren Kirchturm, der einen Finger gleich hinauf in den Himmel wies. Nah dem Turm der Mond, über dem Mond ein Stern, das hellste Objekt am Himmel.
Links daneben, da war zunächst das schiefwinkelige Dreieck: Es ist das Sternbild des Widders.
Ich stand also auf der Erde am selben Ort und blickte in den Himmel. Drehe ich weiter am Rad der Zeit, so überlegte ich, drehen sich auch der Himmel und seine Körper, und irgendwann stehen sie in ihrer gleichen Konstellation.
Als Zeitreise bezeichnet man ja eine Bewegung in der Zeit, die vom gewöhnlichen, gerichteten Zeitablauf abweicht, oder auch eine Bewegung durch die Zeit. Da kam mir ein Gedanke: Warum sollte durch die Linse die Bewegung nur in die eine Richtung gehen, und nicht nach vorwärts, dahin, wo unsere Zukunft liegt?
Doch bevor ich meine Linse ausrichtete, berechnete ich ein Datum. 25. Juni 1889. Die Rekonstruktion erschien in allen Berechnungen analog zu den Körpern am Himmel.

Was sah ich zuerst? Den pulsierenden Nachthimmel wie hier über Delft! Den abnehmenden Mond mit seinem Hof. Ein Flackern. Sein Licht färbte die Wolken, die wie große Wellen über den Nachthimmel rollten. Weiß, gelb, orange oder blau gefärbte Sterne.

Den Wirbel kosmischer Energie und ein um sich selbst kreisendes Spiralband. Nebel oder der Schweif eines Kometen.

Eine kleine Anhöhe. Von hier aus kann man die blinkenden, erleuchteten Fenster in einer kleinen Ortschaft sehen, umgeben von Weizenfeldern und einem Olivenhain, rechts begrenzt von Berghängen. Es windet stark. Eine Baumspitze zündelt als dunkle Flamme neben mir.

Die Kirche. Sie ist klein, wirkt eher niedergedrückt, während eine Zypresse, welche die Form des Kirchturms wieder aufnimmt, es fertigbringt, sich aus ihrer irdischen Beschränktheit zu befreien und mit dem Himmel zu verbinden.

Der Wind, der aus seiner Mitte zu kommen scheint, bläst einen lange verwehten Duft von Salz, Kornblumen und Lavendel in den Raum. Für einen Moment war es mir so, als würde ein einziger Schritt genügen, um in diese Landschaft steigen zu können.

Der Raum um mich herum veränderte sich, das Gemurmel versank in einem vielstimmigen Orchester aus Zikaden, und über ihm entfernte sich die Decke in eine nachtschwarze Unendlichkeit, in der die Feuerräder südlicher Sterne loderten.

Nun lege ich meine Linse ab und will mich anderen Dingen widmen.

Da aber nichts der Annahme entgegensteht, dass es auf den zahllosen Sonnen ebenfalls Linien und Formen und Farben gibt, bleibt es mir erlaubt, eine gewisse heitere Ruhe zu bewahren im Gedanken an die Möglichkeit, dass wir einst unter besseren und veränderten Bedingungen des Daseins forschen werden.

Ihre
Griet Leeuwenhoek